OVÍDIO
(43 a.C. - 17 a. C.)

Ovídio nasceu em 43 a.C. em Sulmona, e morreu em 17, em Tomi (atual Constanta, Romênia). Estudou em Roma, onde conquistou a sociedade mundana com seus poemas. Consagrou-se com as obras *Amores*, *As Heroides* e esta *A arte de amar* e *Os remédios do amor*. A partir dos 40 anos começou a reunir e reeditar sua obra. Escreveu, então, seu grande trabalho *Metamorfoses*, lendas da mitologia greco-latina em 15 volumes. No ano 8 foi exilado em Roma por motivos políticos pelo imperador Augusto. Escreveu vários livros onde deixou transparecer a amargura e as dificuldades do exílio. Sua obra atravessou os séculos, sendo recuperada definitivamente na Idade Média, quando passou a servir de paradigma para os grandes poetas latinos.

OVÍDIO

A arte de amar

incluindo

Os remédios para o amor

e

Os produtos de beleza para o rosto da mulher

Tradução de Dúnia Marinho da Silva

www.lpm.com.br

L&PM POCKET

Coleção **L&PM** POCKET, vol. 248

Texto de acordo com a nova ortografia.

Título original: *Ars Amatoria*

Primeira edição na Coleção **L&PM** POCKET: 2001
Esta reimpressão: setembro de 2022

Capa: Ivan Pinheiro Machado sobre obra de Henri Toulouse-Lautrec,
       O beijo.
Tradução: Dúnia Marinho da Silva
Preparação de original: Jó Saldanha
Revisão: Renato Deitos

S096a

Ovídio, 43a.C.-17d.C
   A arte de amar / Pubius Ovídios Naso; tradução de Dúnia Marinho
da Silva. – Porto Alegre: L&PM, 2022.
   160 p. ; 18 cm – (Coleção L&PM POCKET; v.248)

   ISBN 978-85-254-1133-4

   1. Amor-Ensaios. 2. Naso, Pubius Ovídios, 43aC-17dC. I. Título. II.
Série.

                                                   CDU 392.61

Catalogação elaborada por Izabel A. Merlo, CRB 10/329.

© da tradução, L&PM Editores, 2001

Todos os direitos desta edição reservados a L&PM Editores
Rua Comendador Coruja 314, loja 9 – Floresta – 90.220-180
Porto Alegre – RS – Brasil / Fone: 51.3225.5777

Pedidos & Depto. Comercial: vendas@lpm.com.br
Fale conosco: info@lpm.com.br
www.lpm.com.br

Impresso no Brasil
Primavera de 2022

SUMÁRIO

Prefácio / 7

A arte de amar / 13

      Livro Primeiro / 15

      Livro II / 47

      Livro III / 78

Os remédios para o amor / 113

Os produtos de beleza para o rosto da mulher / 149

PREFÁCIO

> De todos os poetas, Ovídio foi quem desvendou os mais belos segredos da natureza. Ele ensinou aos homens soltar o suspiro adequado e às mulheres recebê-lo, aos homens, saber o momento propício aos amantes, e às mulheres, oferecê-lo. Como era um homem mundano que sabia amar o melhor e que amava a todos, ele humanizou tanto a virtude que o pudor se harmonizou com a galanteria.
>
> *Montesquieu*

A arte de amar é um surpreendente título que seduz por sua simplicidade e inquieta por sua ingenuidade. Pode-se perguntar se é necessário, útil ou conveniente ensinar esta arte, que parece evidente, fazendo parte dessas coisas tão compartilhadas e tão comuns a todos sem que seja preciso ensiná-las. Mas Ovídio não ensina o sentimento, mas a habilidade; não o amor, mas a sedução. Reconcilia os dois sexos e dá à mulher sua participação e sua iniciativa neste jogo sério e leviano do qual séculos de "civilização" a excluíram.

Ovídio é um escritor da felicidade, uma espécie de utopista feliz. Quando falamos numa arte de amar, entramos – aparentemente – no domínio das perversões: substituímos o artificial pelo natural, o engano pela verdade; introduzimos regras num lugar onde não deveriam haver; jogamos o que, evidentemente, não é um jogo. Mas não há proibições em Ovídio, tampouco monstros. O autor de uma "arte do amor" subentende que o ato de amor tem por fim o prazer, não mais unicamente a procriação, e, ao mesmo tempo, ei-lo de uma vez por todas à mercê de leis frias, libertino... O Imperador Augusto que não se enganava, tomou como pretexto *A arte de amar* para mandar ao exílio Ovídio, o poeta – mesmo sendo política, neste caso, a verdadeira razão desta pena. O poema de Ovídio imagina que os homens e as mulheres, desta Roma pacificada do tempo de Augusto, são livres, livres de corpo e de sentimentos. Ele inventa uma arte sutil, feita de nuances e de uma incontestável disponibilidade, que não tem outra finalidade senão a satisfação e o bem-estar do corpo. A sociedade imperial está pouco disposta a receber, tão diretamente, esta mensagem: o que aconteceria se os sentidos fossem autorizados a falar mais alto que a razão e mais alto que a razão de Estado? Um poder forte necessita de uma moral rigorosa. O potentado prega a liberdade, mas limita o seu exercício.

Ovídio é um homem raro, mas com dificuldades; muito afinado com sua época: ele nasce com a paz romana; empreende, sem muito entusiasmo e sem a menor convicção, a carreira que levava às honras e que se apoiava inteiramente no exercício e na prática da palavra; mas para nos primeiros graus, consciente de fazer versos sem querer, quando faz um discurso em prosa. Poeta, ele não inova. Ao contrário: ele está feliz, parece, de herdar e de perpetuar. Rabisca suas obras sobre obras premiadas e reconhecidas e as continua. É um homem gentil cuja natureza evita tumultos. Achamos até que esse libertino modelo só ama uma mulher: a sua! Ele só fala de uma coisa: o amor. É certo que Ovídio, rapaz, convenientemente sustentado pela sua família, foi fazer as loucuras da mocidade, durante alguns anos, na Grécia, como era costume na época, e, em vez de permanecer em algum lugar de prazer e de consumo na cidade, foi visitar as ilhas e conhecer as lendas que eram contadas lá. Esta experiência lhe propicia inúmeros episódios de sua grande obra da maturidade.

Ovídio era homem de sentimento. Porque, enfim, a artimanha que ele descreve no primeiro livro de *A arte de amar*, aquela da sedução da mulher pelo homem, deixa aparecer, sob o discurso dos sentidos alertas, o poema mais secreto do coração à procura: e a genialidade, sem nenhuma dúvida, do poeta latino é não ferir nem um nem outro.

Suas ideias atravessarão os tempos e irão atingir em cheio a Idade Média e o Renascimento. A fama do poema, sua repercussão nos corações e mentes, a adoração popular fazem com que Ovídio seja banido pela Reforma e pela Contrarreforma. Só o humanismo renascentista não o ignorou, dando na verdade passagem a *Metamorfoses* nas estrofes de *A arte de amar*. Era a intenção de Montaigne, nos *Ensaios*, ao escrever: "A primeira alegria que encontrei nos livros me foi dada pelo prazer das fábulas de *Metamorfoses* de Ovídio".

Mais tarde, os românticos irão preferir, por conseguinte, o proscrito de Ponto Euxino; sua tristeza e o langor presumido que assenta admiravelmente nas cenas do gênero.

Essas diversas reaparições de Ovídio – um modo mais ou menos travestido de Ovídio, que veio se inscrever tanto na paródia escrita como na moldura do Museu – tratam quase sempre da paixão amorosa, se bem que o poema de *A arte de amar*, apesar de ser considerado como menor em relação a *Metamorfoses*, é todavia a chave do edifício.

Outro fato deve chamar a atenção: Ovídio louva resoluta e unicamente a mulher. Esta forma de ortodoxia não é única na literatura latina, mas é rara num autor que tem como propósito somente o amor, iniciando na carreira literária com elegias, um romance de libertinagem em verso, cartas em verso atribuídas a personagens célebres, e terminando com os gritos de *Os Tristes*, no meio dos quais, em filigrana, o amor, ainda o amor, aparece. Sua tragédia foi perdida, mas ao menos é bom lembrar que ela tinha Medeia como tema, e que só esse título nos remete ao nosso objetivo; de fato seria falso descobrir no amável Ovídio um escritor apenas amável.

A arte de amar se divide em três livros. O primeiro tem como tema a sedução, sendo a mulher um animal de caça consentida de antemão, e o homem, um caçador facilmente enganado, é extraordinário ver o autor conferir à mulher, concebida como objeto, uma sensualidade verídica, verdadeira, pelo menos igual à do homem: esse direito ao prazer vai, durante séculos, ser esquecido. O segundo livro trata do amante, e procura ensiná-lo não somente a maneira de conquistar sua amante, mas principalmente como mantê-la, e eis aí, como dizer o essencial, a forma de transformar o furor físico em ternura contínua e segura. Não é a qualquer arte do prazer que Ovídio dirige sua atenção, mas a uma prática da constância e do respeito. No terceiro livro, ele é mais surpreendente ainda: falando da mulher, ele se dirige à mulher: fez dela uma "pessoa". Não a admoesta, a destaca. Subitamente ela tem direito à palavra e às brasas do sexo. Claro, é esse terceiro livro que os avatares e as duplicidades da História vão desconhecer e renegar.

Evidentemente, esta "arte do amor" preocupa-se com a permanência do amor: despreza os fulgores do instante em proveito das satisfações e alegrias da duração. Nessa medida, é um livro de sabedoria. Mas por se dirigir ao indivíduo mais profano, e que carrega com ele as "partes corporais inferiores"; por não parar de se referir aos deuses, sempre se prendendo ao terrestre e ao cotidiano – é, ao mesmo tempo, uma obra cuja vocação principal é profana (e humana). Mais tarde, no reinado católico, a Igreja vai proscrever o poeta no mesmo instante em que o povo, entretido pela seriedade grotesca da Festa dos Loucos, o recupera: isto foi dar-lhe a sua verdadeira importância.

Ao mesmo tempo, como se surpreender que ele encontre, atualmente, tantos leitores entusiastas?

Poeta do corpo, eis o que ele é. Quem sabe não fosse isto que descontentasse tanto Augusto? Não sabemos o que aconteceu, é verdade, e o método de Augusto, que consiste em fingir reger os costumes para melhor reduzir o espaço da palavra se revelou, com o tempo, exemplar, eficaz e muito útil: ele é aplicável atualmente. Não vemos a qual facção perigosa poderia pertencer Ovídio, nem qual doutrina perniciosa teria podido favorecer o poeta de Fastos, esse calendário respeitoso – mas é pedir muito querer perguntar ao homem que reina sobre o Estado as razões de seu capricho: é provável que Ovídio tenha sido perseguido por ter pregado uma tolerância que não era praticada e que incomodava o absolutismo. Qualquer que seja o motivo, as lições do mestre Ovídio a seu aluno de *A arte de amar* são baseadas na existência da mulher como pessoa humana – mesmo que se trate, durante o primeiro canto, de considerá-la como objeto de conquista, praça forte a invadir, presa fácil.

Nesta disputa dos sexos, nem todos os golpes são permitidos. Ovídio ensina a aproximação civilizada, senão respeitosa. É preciso fingir e enganar mas dentro de certos limites que mostram, para além da arte do amor, uma arte de viver em sociedade.

O universo de Ovídio é totalmente desprovido da noção de pecado.

Nada, aqui, encarna mais o mal do que o dano causado ao outro, do que o constrangimento. O jogo do amor é cheio de ciladas, de armadilhas, de enganos – mas é um jogo cujo prêmio, no final, é o prazer; depois, passado o prazer, a serenidade do coração.

Quando ele diz – em *A arte de amar* – que o poeta é habitado por um deus, e que faz comércios com o céu, entenda que este céu é terrestre, e saiba que este deus é sensível: o deus habita a árvore das Dríades, e a árvore sustenta o céu com os braços estendidos. Da mesma forma, e é aí que se mede o gênio de Ovídio, a mulher é a flecha e o poema é o alvo.

A arte de amar

LIVRO PRIMEIRO

Preâmbulo

Se houver algum homem comum a quem a arte do amor seja desconhecida, que ele leia este poema e que, conhecendo-a através de sua leitura, ame. É a arte com que a vela e o remo são manejados que permite às naus navegarem rapidamente, a arte que permite às carruagens correrem ligeiras: a arte deve governar o Amor. Automedonte superava-se ao manejar uma carruagem e as rédeas flexíveis; Tífis era o piloto da popa hemoniana. A mim, Vênus deu-me ser mestre do Amor jovem; Tífis e Automedonte me nomearam.

Ele é selvagem, na verdade, muitas vezes rebelde aos meus ensinamentos, mas é uma criança, idade maleável e que se deixa guiar. O filho de Philyra educou-se aos sons da cítara de Aquiles criança, e, graças a esta arte calma, domesticou sua alma selvagem. Ele, que aterrorizou tantas vezes seus companheiros, tantas vezes seus inimigos, pareceu tremer diante desse velho carregado em anos; suas mãos, das quais Heitor devia sentir o peso, quando seu mestre ordenava, ele as apresentava à vara. Quirão foi preceptor do filho pequeno de Eaque; eu sou o do Amor. Os dois são temidos, tendo nascido ambos de uma deusa. Mas o touro terminou por emprestar a sua nuca ao peso da carroça, e o cavalo rói os freios com os dentes, cheio de ardor. Do mesmo modo, o Amor me obedece, ainda que atravesse meu coração com as suas flechas e que agite e branda as suas tochas. Mais violentamente o Amor me transpasse, mais violentamente ele me abrase, melhor saberei me vingar das feridas que ele me fez.

Não irei falsamente afirmar que você, Febo, me inspirou este tratado; também não foram os cantos nem os voos do pássaro que me ensinaram; não vi Clio e as irmãs de Clio enquanto guardava os rebanhos em seus vales, Ascra. É a experiência que me dita esta obra: escutem um poeta ensinado pela prática. A verdade, eis o que cantarei: ajude minha aspiração, mãe do Amor.

Longe daqui, estreitas faixas, insígnia do pudor, e você, túnica, que cobre a metade dos pés. O que cantaremos é o amor que não infringe a lei, são as ligações permitidas; meu poema não mostrará nada de represensível.

Plano

Antes de mais nada, preocupe-se em achar o objeto de seu amor, soldado que, sem experiência, pela primeira vez enfrenta combates. Em seguida, consagre seus esforços para enternecer a jovem que lhe agrada, e, em terceiro lugar, para fazer durar seu amor. Eis nossos limites; eis o caminho por onde nossa carruagem deixará seu traço; eis a baliza que deverá segurar a roda lançada a toda velocidade.

Onde procurar? Em Roma mesmo.

Vá aonde quiser, enquanto ainda livre, com a brida solta no pescoço, escolha aquela a quem você possa dizer: "Só você me agrada". Ela não virá até você, descendo do céu entre a delicada brisa; você deve procurar a mulher que encantará seus olhos.

Ele sabe, o caçador, onde estender a rede ao cervo; ele conhece bem os vales onde martelam os grunhidos do javali; o passarinheiro conhece o arvoredo; aquele que segura o anzol suspenso conhece as águas onde nadam muitos peixes. Você também, que procura um objeto que prenda seu amor muito tempo, aprenda primeiro onde encontrar muitas jovens.

Suas procuras não o obrigarão a levantar vela, e, para encontrá-la, você não terá que percorrer uma longa estrada. Andrômeda, Perseu foi procurá-la entre os negros indianos, e um frígio raptou uma grega. Tantas e tão belas moças serão encontradas em Roma que podemos dizer: "Nossa cidade possui todos os tipos de beleza que o universo pôde produzir". Tanto Gárgara é fértil em trigo, tanto Metina é fértil em uvas, tanto a onda esconde os peixes, a folhagem os pássaros, o céu as estrelas, quanto há mulheres em Roma, onde você habita; a mãe dos Amores fixou sua morada na cidade de seu querido Eneias. Se você se seduz com os encantos tenros e ainda não bem aperfeiçoados, aos seus olhos se oferecerá, intacta, uma jovem. Prefere uma beleza desabrochada? Mil, no desabrochar de sua beleza, lhe agradarão, e, apesar de querer, você não saberá onde fixar seus desejos. Se, por acaso, você prefere uma idade já madura e mais experiente, o grupo, creia-me, será ainda mais compacto.

Passeios e edifícios públicos.

Você só precisa andar lentamente os cem passos, seja à sombra do Pórtico de Pompeia, quando o sol vem tocar as costas do Leão de Hércules, seja no lugar onde a mãe juntou seus presentes aos de seu filho, obra magnífica com seus mármores estrangeiros; não evite também o Pórtico que tem o nome de Lívio, ornado com velhas pinturas, onde ele foi consagrado, nem aquele onde vemos as meninas de Belo que ousaram tramar a morte de seus infelizes primos, e seu cruel pai em pé, uma espada na mão.

Não esqueça ainda Adônis, pranteado por Vênus, e as cerimônias religiosas, celebradas no sétimo dia da semana pelos judeus da Síria.

Também não fuja do templo da bezerra, deusa egípcia, vestida de linho: ela faz muitas mulheres serem o que ela própria foi para Júpiter.

No fórum.

Os próprios fóruns – quem poderia acreditar? – são propícios ao Amor, e, sendo tão brilhantes, muitas vezes uma chama nasce ali. Aos pés do templo de mármore consagrado à Vênus, a ninfa Apia toca o ar de águas que jorram. Neste lugar, muitas vezes um jurisconsulto se torna escravo do Amor, e aquele que pediu aos outros para tomar precauções não as toma para si mesmo. Muitas vezes, neste lugar, um bom orador não consegue encontrar palavras; novos interesses vêm ocupá-lo e é sua própria causa que o faz pleitear. De seu templo, bem perto, Vênus ri dele: instantes atrás ele era o mestre, agora ele deseja ser não mais do que dócil discípulo.

No teatro.

Mas é principalmente nos teatros e em suas arquibancadas em semicírculo que você irá à caça: esses lugares lhe oferecerão mais do que você pode desejar. Você encontrará a quem amar, no que bulir, como fazer uma conquista passageira, com quem tecer uma ligação durável. Assim como vemos, em grande número, as formigas ir e vir numa longa fila, arrastando com suas mandíbulas o grão que é seu alimento habitual, ou como as abelhas, quando encontram as regiões arborizadas que elas gostam e as pastagens odoríferas, elas colhem o mel das flores e o tomilho, assim também as mulheres, que, com seus enfeites mais elegantes, se apertam nos jogos onde vai a multidão; fazem muitas vezes, por serem tão numerosas, hesitar em minha escolha. É para ver que elas vêm; mas elas vêm também para serem vistas; o lugar é perigoso para o casto pudor.

Foi você, Rômulo, quem primeiro jogou a emoção nos olhos, quando o rapto das Sabinas fez a felicidade de seus homens, privados de mulheres. Então, um véu não cobria o teatro de mármore, e a cena não era regada pela essência vermelha do açafrão. Nesse momento, as ramagens colhidas no bosque do Palatino e dispostas com simplicidade faziam um fundo de cena onde a arte não interferia. Sobre os degraus do gramado sentaram-se os espectadores, que, com uma folhagem qualquer, protegiam sua cabeleira hirsuta. Cada um olha para trás, localiza com os olhos a mulher que ele deseja e roda silenciosamente mil pensamentos em seu coração. Enquanto ao ritmo rústico de um tocador de flauta toscana, um saltimbanco dá três pancadas com o pé no chão batido, em meio aos aplausos (os aplausos eram então espontâneos), o rei dá a seu povo o sinal esperado para capturar a presa. No mesmo instante, eles se precipitam com gritos que traem seu desejo e colocam suas mãos ávidas sobre as virgens. Como vemos frente às águias fugirem as pombas, e, pelo aspecto dos lobos, fugir a ovelhinha, também as moças, bando muito medroso, mostraram seu temor perante esses homens que se precipitaram contra todas as leis. Nenhuma conservou suas cores; pois todas temiam, ainda que o medo não se mostrasse da mesma maneira. Umas arrancam os cabelos, outras continuam sentadas sem sentidos; algumas ficam mudas pela dor, outras chamam em vão sua mãe; uma se queixa, aquela está louca; esta aqui fica parada no lugar, aquela lá começa a correr. Arrastamos à força essas mulheres, presa destinada ao leito nupcial, e muitas se embelezaram com seu próprio medo. Se alguma delas se mostrava muito rebelde e repelia seu companheiro, o homem a levantava, a carregava, apertada com paixão contra seu peito e lhe dizia: "Por que estragar com lágrimas seus lindos olhos? O que seu pai é para sua mãe eu serei para você". Rômulo, somente você soube dar essas oportunidades aos soldados; dê-me as mesmas oportunidades e eu serei soldado.

É certamente por fidelidade a este antigo costume que, ainda hoje, o teatro está cheio de armadilhas para as belas.

No circo.

Não despreze também as corridas onde se rivalizam generosos cavalos. O circo, com seu numeroso público, oferece múltiplas ocasiões. Não é preciso a linguagem dos dedos para expressar seus segredos, e os sinais de cabeça não são necessários para que você tenha um indício de assentimento. Sente perto daquela que lhe agrada, bem perto, nada o impede; aproxime seu corpo o mais perto possível do dela; felizmente, o tamanho dos lugares obriga as pessoas, queiram ou não, a se apertarem, e as disposições do lugar obrigam a bela a se deixar tocar. Procure então entabular uma conversa que servirá de traço de união, e que suas primeiras palavras sejam banalidades. "De quem são os cavalos que vêm lá?" pergunte com atenção, e, imediatamente, o cavalo favorito dela, qualquer um, deve ser o seu. Mas quando avançar a procissão numerosa que precede os combates dos efebos, então aplauda com entusiasmo Vênus, que tem sua sorte nas mãos.

Se, como é comum, a poeira vier a cair sobre o peito da bela, que seus dedos a removam; se não houver poeira, remova do mesmo modo a que não existe: tudo deve servir de pretexto aos seus cuidados. O manto, muito longo, arrasta-se no chão? Segure a ponta e, com dedicação, levante-o do chão imundo.

Em seguida, como recompensa do seu zelo, sem que sua bela possa se contrariar, seus olhos verão pernas que valem a pena.

Olhe também todos aqueles que estiverem sentados atrás de vocês: que os joelhos deles não venham se apoiar com força contra as delicadas costas dela. Pequenas atenções conquistam essas almas sutis; alguns se felicitaram por ter providenciado uma almofada com um gesto gentil, no momento azado. Não se arrependeram também de ter agitado o ar com um ligeiro leque e de ter colocado um banquinho sob um delicado pé.

Todas essas facilidades para um novo amor você encontrará no circo, e mesmo no fórum, entre o público impaciente, quando semeamos na areia de funesto presságio. Lá, muitas vezes, o filho de Vênus combateu sobre essa areia, e aquele que olhava as feridas do outro, foi, ele próprio, ferido. Conversamos, tocamos mãos, pedimos um programa, fazemos apostas sobre o vencedor, eis que uma ferida nos faz gemer, eis que sentimos uma flecha rápida e que representamos nós mesmos um papel nos jogos a que assistimos.

A naumaquia de Augusto.

E quando, não faz muito tempo, César nos ofereceu a representação de um combate naval, onde apareceram barcos persas e barcos das crianças de Cécrops, nos quais vieram homens de um e de outro mar, e mulheres de um e de outro mar! O universo inteiro e Roma era um só. Nesta multidão, quem não encontrou alguém para amar? Que pena! Quantos sentiram por uma estrangeira os tormentos do amor!

O triunfo.

Eis que César se dispõe a dominar o que resta do universo; agora, as extremidades do Oriente serão nossas. Os partas serão castigados. Rejubile-se, Crasso, em sua sepultura, e vocês, insígnias, que infelizmente tombaram nas mãos dos bárbaros. Seu vingador chegou; desde os seus primeiros anos ele promete um chefe, e, criança, ele comanda guerras acima das capacidades de uma criança. Almas tímidas, não tenham o trabalho de contar os aniversários dos deuses; nos césares, a coragem ultrapassa os anos. Seu gênio celeste se revela antes da idade, e mal suporta o dano e a lentidão do tempo. Ele era ainda pequeno, o herói de Tirinto, e suas mãos sufocaram duas serpentes, e desde o berço ele já era digno de Júpiter. E você, sempre criança, como foi grande, Baco, quando a Índia vencida temeu sua lança!

É sob os auspícios e com a alma de seu pai, criança, que você irá comandar a armada, e você vencerá sob os auspícios e com a alma dele. Semelhante começo convém a um tão grande nome, você que hoje é o príncipe da juventude deve sê-lo um dia dos velhos. Você tem irmãos; vingue a injúria feita a suas irmãs. Você tem um pai; defenda os direitos dele. Aquele que lhe deu as armas é o pai da pátria, que é também a sua; o inimigo, ele, sequioso de poder, sacrifica o pai. Você levará as armas sagradas, ele, as flechas do perjúrio. Veremos perante seus estandartes marchar a sagrada justiça. Inferiores pela causa, que eles possam ser inferiores também pelas armas! Que meu herói traga ao Lácio as riquezas do Oriente. Deus Marte, e você, deus César, dê-lhe seu apoio divino, pois, de vocês dois, um é deus e outro o será. Sim, eu tenho um presságio, você vencerá e eu prometo compor um poema em sua honra, em que minha boca encontrará para você tons eloquentes. Eu o descreverei inteiramente armado, exortando sua armada com um discurso que imaginarei; contanto que minhas palavras não sejam indignas de seu ardor! Eu descreverei os partas voltando as costas, os romanos mostrando seu peito, e as flechas que, do alto de seu cavalo, o inimigo lança enquanto se afasta do combate. Você que fugiu para vencer, ó parta, que deixa então ao vencido? Ó Pártia, infelizmente é um presságio funesto que Marte, seu deus favorito, tem para você.

Pois nós veremos esse belo dia em que você, o mais belo dos mortais, avançará coberto de ouro, puxado por quatro cavalos brancos. Veremos passar diante de você os generais, o pescoço coberto de correntes, para que eles não possam, como antes, procurar sua salvação na fuga. A esse espetáculo assistiremos cheios de alegria e de confusão, moços e moças, todos com o coração dilatado nesse dia em que você triunfará; se uma delas perguntar o nome dos reis, ou ainda quais são os lugares, montanhas, riachos que estão representados, responda sempre; não espere as perguntas; mesmo quando não saiba, fale como se você conhecesse a coisa a fundo. Eis o Eufrates, a fronte cingida de junco; aquele que tem esta longa cabeleira azul escura é o Tigre; desses que vêm, diga que são os armênios; esta mulher é a Pérsia, de quem o primeiro rei foi neto de Danai; eis uma cidade que existiu nos vales de Aquemenides. Este cativo ou este outro eram generais; e você achará nomes para pôr neles, exatos, se puder, ao menos verossímeis.

À mesa.

Encontramos também ocasiões à mesa, nas refeições, o bom vinho não é a única coisa a ser procurada ali. Lá, muitas vezes, quando Baco tinha bebido, o Amor tingido de rosa abriu para ele seus braços delicados e segurou firme os cornos do deus, e quando o vinho embebeu as asas agitadas de Cupido, ele ficou lá pesadamente agarrado ao lugar que escolheu. Então ele agita com velocidade suas asas úmidas, mas as próprias gotas que o Amor respinga fazem mal. O vinho prepara os corações e os torna aptos aos ardores amorosos; as preocupações fogem e se afogam nas múltiplas libações. Em seguida, nasce o riso; então o pobre se enche de coragem; depois desaparece a dor bem como nossas preocupações e as rugas de nossa fronte. Logo as almas se abrem numa franqueza bem rara em nosso tempo; é que o deus expulsa os artifícios. Lá muitas vezes o coração dos jovens foi cativado; Vênus após o vinho é fogo sobre o fogo. Mas não dê muito crédito à enganosa claridade do lampião: para julgar a beleza, a noite e o vinho são ruins. Foi de dia e ao ar livre que Páris olhou para deusas e disse à Vênus: "Você é superior às suas duas rivais, Vênus". A noite dissimula as manchas e é indulgente com todas as imperfeições; nestas horas qualquer mulher parece bela. Tenha o dia como conselheiro para julgar as pedras preciosas ou a lã tingida de púrpura; tenha-o como conselheiro para julgar os traços do rosto e as linhas do corpo.

Fora de Roma.

Será preciso enumerar as reuniões de mulheres, próprias para a caça às belas? Eu preferiria contar o número de grãos de areia. É preciso falar de Baías, e da costa que banha Baías, e das fontes onde uma água sulfurosa quente lança vapores? Deixando-as, muitos, com o coração atravessado por uma ferida, gritaram: "Não, estas águas não são tão salubres quanto dizem".

Vejam, perto de Roma, o templo de Diana no bosque, e o poder que uma mão criminosa adquire pelo gládio. Porque ela é virgem, porque ela detesta o caráter de Cupido, a deusa causou muitas feridas entre seus fiéis, e causará ainda outras.

Meios de agradar.

Onde escolher o objeto de seu amor, onde estender suas redes? Eis aqui as indicações que até agora foram dadas por Tália, puxada sobre rodas desiguais. Agora são os meios de cativar aquela que lhe agradou que eu gostaria de indicar-lhe; é o ponto mais importante de meu tratado. Todos e em qualquer lugar, prestem-me docilmente sua atenção, e que minhas promessas encontrem um auditório atento.

Confiança em si.

Antes de tudo, que o seu espírito esteja persuadido de que todas as mulheres podem ser presas: você as prenderá; estenda apenas as redes. Os pássaros se calarão na primavera, no verão as cigarras, o cão do Menale fugirá diante da lebre, antes que a mulher resista perante as solicitações carinhosas de um homem. Ela mesma, que você poderá acreditar não querer, quererá. O amor culpado é agradável ao homem; e também à mulher: [mas] o homem dissimula mal, a mulher esconde melhor seus desejos. Se o sexo forte julgar melhor não fazer avanços, a mulher, vencida, tomará para si o papel de fazê-los. Nos suaves prados, é a fêmea que chama o touro com seus mugidos; é sempre a fêmea que, com seus relinchos, chama o garanhão de cascos duros. Mais reservada e menos furiosa é, entre nós [homens], a paixão: a chama do homem respeita as leis.

Falarei de Bíblis, que ardeu de amor culpado por seu irmão, que, correspondendo, puniu-se corajosamente por seu crime?

Mirra amou seu pai, mas com uma afeição que não era filial; agora está oculta, coberta por uma casca. Suas lágrimas, vertidas por uma árvore odorífera, espalham o perfume que deu seu nome à essência.

Aconteceu que, no fundo dos vales sombreados do Ida coberto de florestas, vivia um touro branco, orgulho da manada. Sua fronte era marcada com um pequeno ponto negro entre os chifres; ele só tinha esta mancha; todo o resto do corpo tinha a brancura do leite. As novilhas de Gnosso e da Cidônia cobiçavam senti-lo sobre suas costas. Pasífae ardia para ser sua amante; ciumenta, ela odiava as belas novilhas. O fato que eu canto é verídico; não, por mais mentirosa que seja, a terra com cem cidades, Creta não pode negá-lo. Pasífae, digamos, com mão inábil, cortava ela mesma as folhagens novas e as ervas bem tenras para o touro. Ela acompanha o rebanho, e, para acompanhá-lo, ela não pensa mais em seu marido: acima de Minos, um touro a conquistou. Por que, Pasífae, vestir essas roupas magníficas? Aquele a quem você ama é insensível à sua riqueza. Por que este espelho, quando você vai encontrar o rebanho nas montanhas? Por que tantas vezes arrumar seus cabelos? Que loucura! Creia em seu espelho, mesmo quando ele lhe diz que você não é uma novilha. Como você queria ver crescer cornos em sua fronte! Se você ama Minos, não procure nenhum amante, ou, se você quer enganar seu esposo, engane-o com um homem. Através dos bosques e das pastagens, a rainha, abandonando seu leito, vai, semelhante à Bacante impelida pelo deus Aônio. Ah! Quantas vezes ela atirou sobre uma vaca olhares ciumentos e disse: "Porque essa aí agrada àquele que possui meu coração? Olhe como ela pula diante dele sobre a erva tenra! E a tola crê sem dúvida que isto lhe pertence". Disse e, na mesma hora, ordenou que ela fosse retirada da imensa manada, e que a inocente fosse arrastada sob a canga curva; então a fez tombar diante dos altares num sacrifício impiedoso, e, cheia de alegria, segurou nas mãos as entranhas de sua rival. Todas as vezes em que ela se congraçou com a divindade, imolando suas rivais, ela disse, segurando suas entranhas: "Vá agora agradar meu bem-amado", e pediu com insistência para ser transformada ou em Europa, ou em Io; numa porque era novilha[1], noutra porque um touro a levou sobre as costas. Entretanto, o chefe do rebanho, enganado pela imagem de uma vaca de madeira, a engravidou, e o fruto que ela deu à luz [o Minotauro] revelou o pai.

Se a cretense não estivesse impossibilitada de amar Tiestes (pois é difícil para uma mulher arder sempre pelo mesmo homem!), não teríamos visto Febo se deter no meio do seu caminho, retornar sua carruagem e reconduzir seus cavalos na direção de Aurora.

A filha de Niso, por ter cortado furtivamente os cabelos brilhantes de seu pai[2], traz em torno da virilha e do flanco um cinto de cães devoradores.

Após ter escapado de Marte na terra, de Netuno sobre as ondas, o filho de Atreu foi a funesta vítima de sua mulher.

Quem não verteu lágrimas sobre a chama que consumiu a Efireia[3] e sobre a mãe, que, soluçando, massacrou seus filhos?

O filho de Amintor, Fênix, chorou a perda de seus olhos.

---

1. Io foi transformada em novilha pelo ciúme de Juno; Júpiter tomou a forma de um touro para raptar Europa.

2. Trata-se de Cila. Nos cabelos de Niso residia o destino da cidade.

3. Os quatro personagens nomeados aqui foram vítimas dos ciúmes; o primeiro, de Medeia, o segundo e o terceiro, de seus pais, o último, de sua segunda mulher.

Corcéis de Hipólito, vocês o esquartejaram com seu pânico.

Por que, Fineu, furar os olhos de seus filhos inocentes? Esse suplício recairá sobre sua cabeça.

Eis aí, nas mulheres, todos os transportes inspirados pela paixão: ela é mais ardente do que a nossa e mais louca. Portanto, vá; não hesite em esperar triunfar com todas as mulheres; em mil, haverá apenas uma que resistirá. Que elas cedam ou que elas resistam, elas gostam sempre que lhes façamos a corte; mesmo se você for repelido, a derrota não é perigosa para você. Mas por que você seria repelido, quando sempre encontramos prazer numa volúpia nova, e somos mais seduzidos pelo que não temos do que pelo que temos? A colheita é sempre mais rica no campo do outro, e o gado do vizinho tem úberes mais intumescidos.

Cumplicidade da criada.

Mas primeiro trave conhecimento com a criada da mulher que você quer seduzir; você deve se dedicar a isto. É ela que lhe facilitará os primeiros passos. Assegure-se da participação que ela tem nas confidências de sua patroa, e de sua cumplicidade segura e discreta para seus amores. A fim de ganhá-la, use as promessas, empregue as rezas; o que você pedir será possível obter, se ela quiser. Ela escolherá o momento favorável (os médicos também observam o momento) em que a alma de sua patroa estiver bem-disposta e pronta para ser seduzida.

Esta alma se prestará à sedução quando desabrochar de alegria, como a colheita num campo fértil.

Quando o coração está feliz, quando não está fechado pela dor, ele se abre sozinho; então, a carinhosa Vênus desliza nele habilmente. Enquanto esteve de luto, Troia se defendeu com armas na mão; num dia de alegria, ela introduziu em seus muros o cavalo com os flancos cheios de guerreiros.

Você deve também atacar a bela logo que a afronta de ter uma rival provocar o ressentimento nela; então você fará com que ela se vingue. Pela manhã, penteando seus cabelos, a criada excita-o e empresta à vela o auxílio do remo. Ela deve murmurar baixinho, suspirando docemente: "Não, eu não acho que você possa pagar na mesma moeda". Então ela falará de você, acrescentando palavras que a convencerão, e jurará que, louco de amor, você está morrendo. Mas se apresse, antes que a vela penda ao longo do mastro e que a brisa cesse. A cólera é como o gelo frágil: desaparece, se demoramos.

Você me pergunta se é conveniente seduzir também a criada. É uma prática bem audaciosa. Esta, por ter-lhe feito favores, é mais zelosa, aquela é menos ativa. Uma entrega-lhe como amante a sua patroa, a outra a si própria. Imprevisto é o sucesso: mesmo se ele premiar sua audácia, na minha opinião você deve abster-se. Não é através de precipícios e de obstáculos difíceis que traçarei o caminho; tendo-me como guia, nenhum homem se extraviará. Se no entanto a criada, quando der ou receber um bilhete, lhe agradar com sua beleza mais do que com seu zelo, empenhe-se primeiro em possuir a patroa, pois a criada vem depois; mas não é por ela que deve começar seu tributo a Vênus.

Um conselho apenas, se você tem alguma fé no meu tratado e se minhas palavras não serão levadas para o mar por um vento impetuoso. Não tente a aventura, ou leve-a até o fim. Nada de delatores, já que a criada está pela metade no crime. O pássaro não pode mais voar com asas cobertas de visco; das amplas redes, o javali sai dificilmente; uma vez ferido pelo anzol que ele acaba de engolir, o peixe não saberá se soltar. Segure bem aquela que você atacou, e não a abandone antes de sair vencedor.

Mas esconda-se bem! Se você esconder bem seus entendimentos com a criada, será sempre informado daquilo que sua amiga fizer.

As circunstâncias favoráveis.

Acreditar que somente aqueles que se dedicam aos penosos trabalhos da lavoura ou os marinheiros devam consultar o tempo, é enganar-se. Assim como não se deve entregar Ceres aos campos enganosos, nem lançar com qualquer tempo o barco côncavo nas águas verdes, também nem sempre é seguro abordar uma suave beleza: de acordo com a ocasião escolhida, nos sairemos mais ou menos bem. Se verificar pelo aniversário de nascimento, ou ainda nas calendas, que Vênus quer ser sucessora de Marte, quando o circo ainda não está enfeitado com as estátuas, como antigamente, mas expõe as riquezas dos reis, adie qualquer empreendimento: logo se aproxima o inverno triste, logo se aproximam as Plêiades, logo o tenro cabrito vai mergulhar nas águas do oceano. Então, será o momento propício para o repouso; então, se ousamos enfrentar o mar, é com esforço que salvamos do naufrágio os restos do barco. Você deve começar sua corte no dia em que Alia, que tantos prantos fez derramar, foi tingido com o sangue latino, ou ainda com a chegada do sétimo dia, pouco adequado para tratar de negócios, festejado pelo Sírio da Palestina. Guarde bem o dia do aniversário de sua amiga, e que o dia em que for necessário dar um presente seja nefasto para você! Você fará bem em se defender, ela lhe arrancará qualquer coisa: a mulher possui a arte de se apropriar do dinheiro de um amante apaixonado. Um mascate com modos desembaraçados irá na casa da sua amiga, sempre disposta a comprar; desembrulhará suas mercadorias na sua frente, pois você estará sentado lá; ela lhe pedirá para dar uma olhada, dando-lhe a oportunidade de mostrar seu gosto; em seguida, ela lhe dará beijos e pedirá que você faça algumas compras. Jurará que elas serão suficientes para muitos anos; agora ela precisa; agora é uma oportunidade. Em vão você alegará que não traz dinheiro consigo; ela pedirá para você assinar um título, e você se arrependerá de saber escrever. O que acontecerá se, para pedir presentes, ela preparar doces como se fosse o aniversário dela, e festejar este aniversário quantas vezes ela quiser? O que acontecerá quando, arrebatada pelo mais violento desgosto, ela verter lágrimas por uma suposta perda, fingindo que uma pedra preciosa caiu de sua orelha? As mulheres pedem sempre para lhes darmos coisas que elas devolverão mais tarde; o que você lhes deu, elas não vão querer devolver; igual perda para você sem que saibamos o quanto lhe agradou perder. Certamente não, se eu quisesse enumerar todos os abomináveis artifícios das cortesãs, dez bocas e o mesmo número de línguas não seriam suficientes.

As cartas e as palavras.

Que a cera derramada sobre as tabuinhas polidas preveja as dificuldades do negócio, que o lacre seja o primeiro confidente de suas intenções. Que ele traga cumprimentos, palavras que respirem o amor; qualquer que seja sua classe social, acrescente as preces mais quentes. Se os restos de Heitor foram remetidos a Príamo, é porque as preces do velho amoleceram Aquiles. A cólera dos deuses cede às entonações de uma voz suplicante. Prometa, prometa; isto não custa nada; em promessas todo mundo pode ser rico. A esperança, desde que haja fé, dura muito tempo: é uma deusa enganosa, porém útil. Se você deu algum presente antecipado, pode ter dado um falso passo, elas aproveitaram o que passou e não perderam nada. Mas o presente que você não deu, você pode sempre fingir que está pronto a dá-lo. É assim que um campo estéril engana muitas vezes a esperança de seu dono; é assim que, para não continuar perdendo, um jogador não para de perder, e que os dados procuram sem cessar suas mãos ávidas. A questão difícil, o trabalho delicado, é obter os primeiros favores sem ter dado presentes: por ter consentido por pura benevolência com o que ela consentiu, representando o papel de amante. Ela se levanta, levante-se; enquanto ela ficar sentada, fique sentado; seguindo a vontade de sua amante, saiba perder seu tempo.

A elegância.

Mas não vá frisar seus cabelos a ferro, nem gastar suas pernas esfregando pedra-pomes. Deixe esses cuidados àqueles que, com gritos à moda frígia, celebram a deusa do monte Cibele. Uma beleza sem aparatos assenta aos homens: quando a filha de Minos foi raptada por Teseu, este não tinha arranjado sua cabeleira sobre as têmporas por meio de grampos. Hipólito foi amado por Fedra, apesar de sua aparência exterior negligente. Vimos uma deusa se agradar por um hóspede selvagem das florestas, Adonis. É pela simples elegância que os homens devem agradar: que sua pele seja bronzeada pelos exercícios no Campo de Marte; que sua toga caia bem e não tenha manchas. Que seu calçado esteja corretamente amarrado; que as fivelas não estejam enferrujadas. Que seu pé não esteja perdido e nadando num sapato muito largo; que um corte malfeito não enfeie nem arrepie sua cabeleira; que seus cabelos, sua barba sejam cortados por mãos experientes, que suas unhas estejam bem-cortadas e limpas, que nenhum pelo saia das narinas; que um hálito desagradável não saia de uma boca malcheirosa, e que o odor do macho, pai do rebanho, não fira as narinas. Todo o resto, abandone ou às jovens lascivas, ou aos homens que, contra a natureza, procuram o amor de um homem.

O calor do vinho.

Mas Liber chama seu poeta; ele também protege os amantes e favorece os amores que a ele próprio inflamam.

A criança de Gnosso errava perdida por praias desconhecidas, no lugar onde a pequena ilha de Naxos é batida pelas vagas do mar; com a roupa que ela tinha acordado, vestida com uma túnica arregaçada, os pés nus, os cabelos cor de açafrão batendo nas costas, ela gritava a crueldade de Teseu às ondas que não ouviam sua voz, e lágrimas inundavam as faces delicadas da pobre abandonada. Ela gritava e chorava ao mesmo tempo, mas um e outro lhe assentavam bem; suas lágrimas não a deixavam feia. E a infeliz, começando a bater suas mãos no peito, dizia: "O pérfido me deixou; o que vai ser de mim?". Ela dizia: "O que vai ser de mim?".

Ouvimos ressoar os címbalos em toda orla, assim como a batida dos tambores por mãos frenéticas. Ela desmaiou de medo e sua voz se calou; não havia sangue em seu corpo sem vida. Eis as Mimalonides, os cabelos caídos sobre as costas; eis os ligeiros Sátiros, arautos do deus; eis Sileno, o velho bêbado; ele tem dificuldade em se manter sobre seu asno, que se dobra sobre o peso, e mostra sua habilidade em segurar vigorosamente a crina. Enquanto ele segue as Bacantes, as Bacantes fogem dele e o perseguem ao mesmo tempo; enquanto, mal cavaleiro, ele apressa com o bastão sua montaria de quatro patas, desliza do corcel de orelhas longas e cai sobre a cabeça dele. Os Sátiros gritam: "Vamos, levante-se, pai, levante-se".

Enquanto isto o deus, em sua carruagem, coroado de vinhas, soltava as douradas rédeas aos tigres que o puxavam. A jovem perdeu de repente as cores, a lembrança de Teseu e a voz. Três vezes ela quis fugir, três vezes o pavor a reteve. Ela estremecia, como treme a espiga estéril agitada pelo vento, como treme o bambu leve no brejo úmido. O deus disse: "Eu vim para lhe dedicar um amor fiel; pare de temer; é Baco que será seu esposo, filha de Gnosso. Como presente eu lhe dou o céu; no céu você será um astro que contemplamos; muitas vezes a nau indecisa se dirigirá para a Coroa da Cretense.[4]" Ele falou e, de medo de que os tigres assustassem Ariadne, salta de sua carruagem (o traço de seus pés se imprime no solo); ele a aperta contra o peito e a leva (de fato ela não teria podido resistir); alguma coisa é difícil para o poder de um deus? Uns cantam "Himeneu", outros gritam "Evius, Evoé". Foi assim que sobre o leito sagrado se uniram a jovem esposa e o deus.

E como diante de você serão servidos os presentes de Baco, se uma mulher for sua vizinha sobre o canapé, peça ao deus da noite, no culto noturno, que não permita que o vinho lhe suba à cabeça. Então você poderá, com palavras ocultas, dizer mil coisas que sua vizinha sentirá ditas para ela, traçar ternos sinais com um pouco de vinho, para que ela leia sobre a mesa que é a dona de seu coração, e fixá-la nos olhos com olhos que confessem sua chama. Às vezes um rosto mudo tem uma voz e um verbo eloquentes. Tente apoderar-se primeiro da taça que foi tocada pelos lábios encantadores dela, e do lado em que ela bebeu, beba também. Todas as iguarias que os dedos dela tocarem, pegue-as, e, pegando-as, toque em sua mão.

---

4. Constelação que, por sua forma, reproduz a coroa dada por Vênus a Baco como presente de núpcias.

Deseje agradar igualmente ao amante de sua bela; ele lhe será mais útil tornando-se seu amigo. Se a sorte lhe conferir a realeza do festim, ceda-lhe esta realeza; dê-lhe a coroa posta sobre sua cabeça; mesmo se, de acordo com o lugar que ele ocupa no festim, ele for seu inferior ou igual, deixe-o sempre se servir antes de você, e não deixe de opinar como ele. É um meio seguro e frequente de enganar escondendo-se sob a aparência da amizade, mas por mais seguro e frequente que seja o meio, ele é culpável. É assim que um mandatário estende também exageradamente seu mandato e crê que deve examinar mais coisas do que comportam suas funções.

Qual é a justa medida a ser conservada ao beber? Nós vamos lhe indicar. Que sua inteligência e seus pés continuem exercendo o ofício deles. Evite sobretudo as discussões que o vinho anima e a grande tendência para os combates cruéis. Eurito morreu por ter bebido sem medida os vinhos que lhe ofereceram: quanto melhores a mesa e o vinho, mais nos aprestamos a agradáveis passatempos. Se você tem voz, cante; se seus braços são graciosos, dance; se você tem outros meios de agradar, agrade. A embriaguez, se ela for verdadeira, o enganará; se ela for falsa, pode lhe ser útil. Faça com que sua língua artificiosamente pronuncie hesitando palavras balbuciadas, para que todas as suas ações ou palavras um pouco atrevidas sejam atribuídas a libações muito copiosas. Diga: "Saúde àquela que eu amo; saúde àquele que partilha seu leito", mas interiormente deseje "Morte a seu amante".

Os cumprimentos.

Quando os convivas deixarem a mesa, a própria multidão lhe dará o meio e a ocasião de se aproximar dela. Introduza-se na multidão, deslize para perto dela enquanto ela se vai, aperte-lhe a cintura com seus dedos e toque o pé dela com o seu. Eis o momento da conversação: fuja daqui, rústico Pudor! É a audácia que favorece a sorte e Vênus. Sua eloquência não necessita de nossos conselhos; apenas deseje, você mesmo saberá se expressar bem. Você deve desempenhar o papel de amante, e, com suas palavras, dar a impressão de estar perdido de amor; não despreze nenhum meio de persuadi-la. Não é difícil ser acreditado: toda mulher se julga digna de ser amada; quanto mais feia ela é, mais ela se acha bonita. Aliás, acontece com frequência que aquele que finge amar comece a amar realmente, muitas vezes se torna realidade aquilo que no princípio ele fingia sentir. Vocês também, belas jovens, mostrem-se indulgentes com as aparências; pode se tornar real o amor que há pouco era brincadeira. Este é o momento de ganhar furtivamente o coração com palavras carinhosas; assim a margem que avança se vê banhada pela água que não cessa de correr. Não hesite em elogiar o rosto, os cabelos, os dedos finos e os pés pequenos. É um prazer para os mais castos ouvir elogios a seus atrativos: [até mesmo] as virgens cuidam e amam os atrativos que possuem. Senão, porque, ainda hoje, Juno e Palas enrubescem por terem perdido a causa nos bosques da Frígia? Quando elogiamos sua plumagem, o pássaro de Juno a desdobra; observêmolo em silêncio, ele esconde suas riquezas; os cavalos que disputam o prêmio da corrida amam os aplausos feitos às suas crinas bem-penteadas e aos seus graciosos pescoços.

As promessas.

Prometa sem hesitação: são as promessas que impulsionam as mulheres; tome todos os deuses como testemunhos dos seus compromissos. Júpiter, do alto dos céus, observa rindo os perjúrios dos amantes e ordena aos austros, súditos de Eolo, para carregá-los e apagá-los. Para a Estige, Júpiter tinha o hábito de fazer falsos juramentos a Juno: ele mesmo ajuda atualmente aqueles que seguem seu exemplo. É útil que os deuses existam, e, como é útil, acreditamos que eles existem; levemos o incenso e o vinho para os seus antigos lares. Eles não estão mergulhados num repouso sem preocupações e parecido com o sono; leve uma vida pura; a divindade o vê. Devolva o depósito que lhe é confiado; siga as leis que ditam a piedade; fique longe do mal; mantenha suas mãos puras de sangue. Se você for sensato, não se entregue senão às mulheres. Isto você pode fazer impunemente. Só neste caso, o mal não é mais vergonhoso do que a boa-fé. Engane aquelas que o enganam. Na maior parte dos casos é uma raça sem escrúpulos; elas montaram as armadilhas; que caiam nelas!

O Egito, digamos, foi privado das chuvas que fertilizam seus campos e sofreu uma seca de nove anos. Traso encontra Busíris e diz que ele poderia aplacar Júpiter vertendo o sangue de um estrangeiro. "Muito bem!, responde Busíris, você será a primeira vítima a ser oferecida a Júpiter, e é você o estrangeiro que dará água ao Egito." Faláris[5] também mandou queimar no touro os membros do cruel Perilo; o infeliz inventor regou sua obra com seu sangue. Duplo exemplo de justiça! Nada mais justo do que mandar para a morte através de sua própria invenção aqueles que inventaram um meio de matar. Portanto, se for pela justiça que os perjúrios sejam punidos pelo perjúrio, que a mulher enganada se arrependa de ter dado o exemplo!

Lágrimas, beijos, atrevimento.

As lágrimas também são úteis: com lágrimas você amolecerá o diamante. Cuide para que sua bem-amada veja, se for possível, seu rosto úmido. Na falta de lágrimas (pois elas não aparecem sempre de encomenda), molhe os olhos com a mão.

Que homem experiente não combinaria beijos com palavras de amor? Mesmo que ela não os devolva, tome-os sem que ela os dê. No começo, talvez ela resista e o chame de "insolente"; sempre resistindo, ela desejará ser vencida. Mas não vá machucá-la com beijos desajeitados em seus lábios delicados, e cuidado para que ela não possa se queixar de sua rudeza. Tomar um beijo e não tomar o resto, é merecer perder até mesmo os favores concedidos! O que você esperaria, após um beijo, para realizar todos os seus desejos? Que pena!, você deu prova de falta de experiência e não de moderação. Seria cometer uma violência, você diz;

---
5. Tirano de Agrigento, no século VI a.C., Píndaro já falava de seu touro.

mas esta violência agrada às mulheres; muitas vezes elas querem concordar, apesar delas. Uma mulher tomada à força bruscamente por um furto amoroso se regozija; esta insolência vale como um presente para ela. Mas a que podíamos forçar, e que se retira intacta, pode muito bem fingir alegria em seu rosto; ela está triste. Febe foi violentada; sua irmã foi vítima de um estupro; uma e outra não amaram menos quem as tomou.

Uma história bem conhecida, mas que merece ser contada novamente, é a da ligação de uma jovem de Ciro com o herói hemoniano. Então a deusa, que, sobre o monte Ida, tinha sido julgada digna de vencer suas duas rivais, recompensou, pela infelicidade, aquele que prestou essa homenagem à sua beleza. De um outro continente uma nova nora tinha vindo para Príamo, e, nos muros de Troia, havia uma esposa grega. Todos [os príncipes gregos] juraram obedecer ao marido ofendido, pois o ressentimento de um só homem tinha se tornado a causa de todos. Aquiles (que vergonha! se não tivesse cedido às preces de uma mãe) dissimulava seu sexo sob a longa roupa. Que faz você neto de Éaco? Fiar lã não é função para você. É uma outra arte de Palas[6] que deve lhe dar a glória. O que você faz com cestos de costura? É para usar um escudo que seu braço é destinado. Por que esta lã nas mãos que devem derrubar Heitor? Jogue longe esses fusos laboriosamente envolvidos em lã: o que sua mão deve brandir é a lança do monte Pélio. Por acaso, no

---

6. Palas é a deusa da guerra conduzida com prudência, como os trabalhos manuais femininos.

mesmo leito dormia uma moça de sangue real; foi ela quem percebeu, desonrada, que seu companheiro era um homem. Foi à força que ela cedeu (ao menos, é preciso acreditar), mas ela não ficou aborrecida de ter cedido à força. Muitas vezes ela lhe disse: "Fique", quando Aquiles se apressava em partir; pois ele tinha descansado a roca para segurar suas temidas armas. Onde há violência aqui? Por que reter, Dedâmia, com voz carinhosa, o artesão de sua desonra?

O pudor impede a mulher de provocar certas carícias, mas lhe é agradável recebê-las quando o outro toma a iniciativa. Sim! O homem conta muito com suas vantagens físicas, se espera que a mulher tome a dianteira. Cabe ao homem começar, ao homem dizer as palavras que suplicam, a ela acolher as preces de amor. Quer tê-la? Peça. Explique a causa e a origem de seu amor. Era Júpiter quem abordava as heroínas da lenda e suplicando; apesar de seu poder, nenhuma veio provocá-lo. Mas se suas preces se chocam com o distanciamento de um orgulho desdenhoso, não vá mais longe e bata em retirada! Quantos desejam o que lhes escapa e detestam o que está a seu alcance! Seja menos apressado, você não será mais repelido. E a esperança de alcançar seus fins não deve nunca aparecer nos seus pedidos; para fazer penetrar seu amor, esconda-o sob o véu da amizade. Vi belezas ariscas serem enganadas com esta artimanha; seu cortesão tornou-se amante.

A palidez da pele.

Uma pele branca contrasta no marinheiro; a água do mar e os raios do sol devem bronzeá-lo. Contrasta igualmente no lavrador, que, sempre ao ar livre, revolve a terra com o arado de relha recurvada ou com a pesada grade. Você também, que nas lutas disputa a coroa de Palas, nos chocará se sua pele for branca. Todo amante deve ser pálido; é a tez que convém ao amante; eis o que lhe assenta. Muitas pessoas poderiam crer que isto nunca serviu para nada. Orião era pálido, quando apaixonado por Sida, errava nos bosques; pálido Dáfnis, apaixonado por uma indiferente Náiade. A magreza deve trair, ela também, os tormentos de sua alma, e não tenha vergonha de cobrir com uma pequena faixa sua brilhante cabeleira. O corpo emagreceu devido às vigílias, às inquietações, e à dor que causa um amor violento. Para coroar seus anseios, inspire piedade, a fim de que, vendo-o, digamos logo: "Ele está apaixonado".

Nenhuma confiança.

Devo queixar-me ou advertir que não distinguimos mais o que é permitido e o que não é? É uma palavra como amizade, uma palavra sem conteúdo como a boa-fé. Infelizmente! Não se pode impunemente fazer a um amigo elogios àquela que amamos. Se ele acreditar em seus elogios, em seguida lhe toma o lugar. Dirão: "Mas o neto de Actor não desonrou o leito de Aquiles; Piritou[7] nada fez para que Fedra permanecesse fiel; Hermíone era amada por Pílades com a mesma afeição que Febo tinha por Palas[8] ou Castor e Pólux por você, filha

---

7. Piritou era amigo íntimo de Teseu, marido de Fedra.
8. Quer dizer, com uma afeição fraternal.

de Tíndaro".[9] Nutrir a mesma esperança é esperar que o tamarindo dê frutos, ou procurar mel no meio de um rio. Nada é tão bom como o que é vergonhoso; cada um só pensa em seu prazer, e até aquele que procura fazer o outro sofrer tem seu charme. Que escândalo! Não é seu inimigo que um amante deve temer. Fuja daqueles que você considera fiéis, você estará se protegendo do perigo. Um parente, um irmão, um amigo querido, desconfie dele; motivos para temores reais, eis o que eles lhe darão.

É necessário adaptar esses conselhos às características femininas.

Acabarei aqui, mas as mulheres não têm os mesmos sentimentos, ao contrário; você encontrará mil almas diferentes; para conquistá-las, empregue mil meios. Assim como a mesma terra não oferece todos os produtos: essa é boa para a vinha, aquela para a oliveira; esta aqui oferece com abundância verdes colheitas.

No peito, há tantos caracteres diferentes quantos rostos no mundo. O homem hábil se acomodará a essas inumeráveis variedades de caracteres; novo Proteu, ora ele se adelgaçará em ondas fluidas, ora será um leão, uma árvore, um javali com o pelo eriçado. O peixe é preso às vezes na rede, às vezes no anzol; mais tarde é atirado no cesto vazio que levamos conosco amarrado numa corda bem esticada. E o mesmo método não servirá para todas as idades: uma velha corça descobrirá a armadilha de longe; se você se mostrar sábio para uma noviça, muito atrevido para uma puritana, logo ela

---

9. Helena, irmã de Castor e de Pólux.

desconfiará e ficará em posição de defesa. É assim que, às vezes, a mulher que tem medo de se entregar a um homem honesto se deixa cair vergonhosamente nos braços de alguém que não a merece.

Conclusão.

Resta-me uma parte de meu trabalho, a outra está esgotada. Joguemos aqui a âncora e paralisemos nosso barco.

LIVRO II

Objetivo do livro II

Cantem: "Io Pean" e cantem ainda: "Io Pean". A presa perseguida caiu nas minhas redes. Que o amante feliz que coroa com verde louro meus poemas os coloque acima das obras dos velhos de Ascra e da Meônia. Tal como o filho de Príamo, quando, ao partir da belicosa Amiclas, abriu ao vento suas velas brancas, em companhia da mulher de seu anfitrião, que havia sido raptada. Tal como aquele que a conduzia, Hipodâmia, sobre sua carruagem vencedora, foi levada por rodas estrangeiras.

Por que esta pressa, jovem? Seu barco ainda está no meio das águas, e o porto onde espero é bem longe. Não basta que meus versos tenham trazido aquela que você ama; minha arte o fez prendê-la, minha arte deve conservá-la. Não é preciso menos talento para guardar as conquistas do que para fazê-las: para um é preciso sorte, o outro será resultado de minha arte.

Dificuldade de submissão. Dédalo e Ícaro.

Agora, mais que nunca, filho, e você, deusa de Cítera, ajudem-me. Você também, Erato, pois deve seu nome ao amor. Eu elaboro uma grande façanha, dizer com que arte irei fixar o amor, esta criança tão volúvel, na vastidão do universo. Ela é ligeira e tem duas asas que lhe permitem escapar; é difícil prever seus movimentos.

Para impedir a fuga de seu hóspede, Minos fechou todos os caminhos: as asas forneceram uma via audaciosa. Dédalo subjugou o homem metade touro e o touro metade homem, fruto dos amores de uma mãe criminosa. "Ó Minos, o mais justo dos mortais, põe fim a meu exílio, disse ele; que minhas cinzas sejam depositadas na terra de meus pais. Vítima de destinos injustos, não pude viver em minha pátria; ao menos permita-me lá morrer. Permita a meu filho para lá voltar, se o velho não puder obter esta graça perante você; se não quiser perdoar a criança, perdoe o velho." Estas foram suas palavras; mas ele bem poderia pronunciar estas e muitas outras ainda. Minos não permitia o retorno de Dédalo. Tendo entendido isto, Dédalo pensou: "Eis aí, eis aí, Dédalo, a ocasião de mostrar sua habilidade. Minos é o senhor da terra, o senhor das águas; nem a terra nem a água poderão servir para nossa fuga; resta o caminho do céu; é pelo céu que tentaremos passar. Perdoe meu plano, Júpiter que reina nos céus. O que eu pretendo não é violar a região dos astros; mas, para fugir de um senhor, eu não tenho outra via senão o seu domínio. Se Estige me oferecesse um caminho, nós atravessaríamos a nado as águas de Estige. Já que ela nada pode, sou obrigado a modificar as condições de minha natureza".

Frequentemente o gênio é acordado pelo acaso. Poderíamos algum dia acreditar que o homem pudesse usar o caminho dos ares? No lugar das asas dos pássaros, Dédalo arruma uniformemente as plumas e amarra sua leve obra com fios de linho; para solidificar a extremidade ele derrete a cera no fogo. Logo o trabalho deste novo instrumento estava terminado. A criança, toda contente, levava nas mãos a cera e as plumas sem saber que este aparelho era preparado para ela. "Eis os únicos barcos que temos para voltar a nossa pátria; eis nosso único meio de escapar de Minos. Ele, que fechou todas as outras saídas, não pôde fechar o ar para nós; resta-nos o ar; fenda-o graças à minha invenção. Mas não é para a virgem de Tégia[10], nem para o companheiro de Boótes, que é preciso olhar [para se dirigir], mas para Orião, armado com uma clava; é por mim que você deve orientar sua marcha com as asas que eu lhe darei; irei na frente para mostrar o caminho; preocupe-se somente em me seguir; guiado por mim você estará seguro. Se, através das camadas do éter, nós nos aproximarmos do sol, a cera não poderá suportar o calor; se, descendo, agitarmos as asas muito perto do mar, nossas plumas, batendo, serão molhadas pelas águas marinhas. Voe entre os dois. Preste atenção também nos ventos, meu filho; onde seu sopro o guiar, deixe-se levar em suas asas." Dando estes conselhos, ele ajusta as asas em seu filho e lhe ensina a movê-las, como um passarinho que ensina seus filhotes. Em seguida, ele adapta em seus próprios ombros o aparelho feito por ele e balança levemente seu corpo para sua nova rota. A ponto de começar o

---

10. Calisto, filho do rei de Tégia, é nossa "Ursa Maior", Boótes, nosso "Vaqueiro".

voo, o pai abraça diversas vezes o filho, e as lágrimas que não pode reter caem sobre seu rosto.

    Havia uma colina, mais alta que uma montanha, mas que dominava o solo da planície. Foi de lá que eles se lançaram juntos para a terrível fuga. Dédalo agita suas asas e se volta para olhar as asas de seu filho, não sem prosseguir regularmente seu curso. Logo a novidade da rota os encanta, e, desprezando todo medo, Ícaro empreende um voo mais ousado com sua máquina audaciosa. Um pescador os vê, enquanto procura pescar os peixes com a ajuda de um caniço flexível, e sua mão esquece o que tinha começado. Já se via à esquerda Samos (Naxos, Paros e Delos, cara ao deus de Claros, ficavam atrás deles), à sua direita Lebinto e Calímne, sombreada de florestas, e Astipaleia, rodeada de águas piscosas, quando a criança, com a imprudente temeridade de sua idade, se elevou mais alto para o céu e abandonou seu pai. Os laços se soltam, a cera se funde com a aproximação do deus e é inútil agitar seus braços, ela não pode se sustentar no ar leve. Do alto dos céus ela olha a água com pavor; o medo que a faz tremer veda seus olhos de trevas. A cera tinha escorrido. Ela agita seus braços despojados, se atrapalha e não sabe como se sustentar. Cai, e, tombando, grita: "Meu pai, meu pai, estou sendo arrastada". Dizendo estas palavras, a água verde fechou sua boca. Enquanto isso, o infortunado pai, que não é mais pai, grita: "Ícaro! Ícaro! Onde está você e em qual polo do céu você voa?". Ele gritava "Ícaro" quando viu as plumas sobre as águas. O corpo da criança foi confiado à terra; o mar tem o seu nome.

Meios ilusórios de fazer o amor durar.

Minos não pôde impedir um homem de fugir com a ajuda de suas asas, e eu pretendo segurar um deus volúvel! Nos enganaremos, fazendo uso dos artifícios de Hemônia[11], ou usando o que é tirado da testa de um potro. Para fazer o amor durar, as ervas de Medeia não servirão para nada, não mais do que as fórmulas dos Marsos e seus cantos mágicos. A princesa nascida à beira do Fase teria retido o filho de Éson e Circe, Ulisses, se os encantamentos pudessem manter o amor. Não há nada a esperar dos filtros que fariam empalidecer as jovens; os filtros nublam o espírito e conduzem à loucura.

Métodos indicados. Ser amável.

Longe de nós todos os meios proibidos. Para ser amado, seja amável, pois não é suficiente a beleza dos traços ou do corpo. Assim mesmo você será, Nireu, amado pelo velho Homero, ou Hilas, de delicada beleza, que as Náiades raptaram por um crime. Se você quer conservar sua amiga e não ter nunca a surpresa de ser abandonado por ela, una os dons do espírito às vantagens do corpo. A beleza é um bem frágil: tudo que se acrescenta aos anos a diminui; ela murcha com o tempo; nem as violetas nem os lírios com a corola aberta estão sempre em flor, e, a rosa uma vez caída, o espinho se ergue sozinho. Você também, belo adolescente, você conhecerá logo os cabelos brancos; conhecerá as rugas, que sulcam o corpo. Eduque agora

---

11. A Tessália, cujas mulheres são conhecidas como mágicas.

o espírito, bem durável, que será o apoio de sua beleza: só ele subsiste até a fogueira fúnebre. Não considere um cuidado fútil cultivar sua inteligência através das artes liberais e conhecer bem as duas línguas. Ulisses não era bonito, mas sabia falar bem; isto bastou para que duas divindades marinhas sentissem por ele os tormentos do amor. Ó! Quantas vezes Calipso gemeu devido à sua pressa, dizendo-lhe que as águas não se prestariam ao movimento dos remos! Ela pedia sem cessar que ele contasse de novo a queda de Troia, e ele fazia a narrativa de uma maneira quase sempre diferente. Eles estavam sentados sobre a margem: lá, também, a bela Calipso queria ouvir o fim sangrento do chefe dos ódrisas. Ele, com uma vareta (acontecia dele ter uma vareta), para satisfazê-la, desenha sobre a areia dura. "Eis aqui Troia, disse (representando os muros sobre a margem); aqui será o Simoente; suponha que lá está meu acampamento. Havia ali uma planície (ele representa uma planície), onde derramamos o sangue de Dolão, enquanto, à noite, ele queria os cavalos do herói da Hemônia. Lá se erguiam as tendas do sitoniano Reso; por lá eu voltei com os cavalos, roubados a noite." Ele ia desenhar outros objetos, quando uma onda veio e levou Troia, o campo de Reso e o próprio Reso. Então a deusa disse: "Que segurança para sua viagem você acredita encontrar nessas águas que, sob seus olhos, apagaram tão grandes nomes?". Portanto, quem quer que você seja, desconfie de uma beleza enganadora, e além disso, dos atributos físicos, assegure-se do que é mais precioso.

Ter um caráter agradável.

O que cativa sobretudo os corações é uma condescendência hábil: a rudez provoca a raiva e as guerras cruéis. Odiamos o gavião que passa a vida em combates, e o lobo acostumado a se dissimular entre as tímidas manadas. Mas o homem não arma arapucas para a andorinha, que é inofensiva, e o pássaro da Caônia pode habitar livremente sobre as torres. Longe de nós as discussões e os duelos de uma língua mordaz; doces palavras, eis o alimento do terno amor. Que hajam discussões que possam separar o marido da mulher e a mulher do marido, fazendo crer que eles estão sempre em litígio um contra o outro, é permitido aos esposos; o dote da mulher são discussões. A amiga, esta, deve sempre ouvir as palavras que ela deseja. Não é uma lei que os reuniu num mesmo leito; a lei de vocês é o amor. Apresente-se com ternas carícias e palavras que encantam o ouvido, a fim de que sua amiga se alegre com sua chegada. Não é aos ricos que eu venho ensinar o amor; aquele que dá não precisa de minhas lições. Temos sempre disposição, quando podemos dizer, todas as vezes que quisermos: "Aceite isto". A este nós cedemos passagem: o que posso dar agrada menos do que o dele. É para os pobres que eu componho esse poema, porque, pobre, eu amei; quando eu não podia dar presentes, dava belas palavras. O pobre deve ser circunspecto em seu amor; ele deve afastar toda palavra inconveniente; ele deve suportar bem as coisas que um amante rico não suportaria. Lembro-me que num momento de cólera, eu despenteei os cabelos de minha amante: quantos dias me furtou esta cólera! Não me lembro de ter rasgado sua túnica e nem o percebi; mas ela o afirmou e eu tive que lhe comprar outra com meus dinheiros. Mas se vocês forem razoáveis, evitem os erros de sua amante, e temam, como eu, fazê-la sofrer. Contra os partas, a guerra, mas com nossa amiga, a paz, a diversão e tudo o que possa excitar o amor.

A perseverança é necessária.

Se o seu amor tiver uma acolhida pouco carinhosa e pouco afável, suporte tudo e tenha calma: logo ela se suavizará. Curve um galho de árvore com precaução; ele se dobra; você o quebrará se puser sobre ele a força. Seguindo com precaução o curso da água, atravessamos um rio a nado, o que não conseguiríamos se nadássemos contra a corrente. Com paciência, domamos os tigres e os leões da Numídia; o touro, nos campos, se submete pouco a pouco ao jugo da carroça. Que mulher foi mais selvagem do que Atalanta de Nonacris? Entretanto, apesar de sua independência, ela se rendeu aos carinhos de um homem. Muitas vezes, dizem, à sombra das florestas, Milanião chorou seu destino e os rigores da jovem. Muitas vezes, por ordem dela, ele levou sobre seus ombros as redes que confundem a caça, muitas vezes ele varou com sua terrível lança os javalis selvagens. Ele também sentiu a ferida causada pelo arco esticado de Hileu; mas conhecia ainda melhor um outro arco.[12] Eu não mando você escalar, de armas na mão, as florestas do Menale, nem carregar redes sobre suas

---

12. Alusão às flechas do amor que o haviam atravessado.

costas; eu tampouco mando você oferecer seu peito às flechas. Meu tratado, prudente, lhe dará ordens mais fáceis de serem seguidas.

Da condescendência também.

Se sua amiga o contradisser, ceda; é cedendo que você sairá vencedor da luta. Limite-se a fazer o papel que ela lhe impuser. Ela reclama; reclame; tudo o que ela aprovar, aprove; o que ela disser, diga; o que ela negar, negue. Ela ri, ria com ela; se ela chora, não deixe de chorar. Que a expressão de seu rosto siga a dela. Ela quer jogar; sua mão agita os dados de marfim; você, agite-os desajeitadamente, e após tê-los agitado desajeitadamente, passe-lhes a mão. Se você jogar os ossinhos, para evitar que ela perca e tenha que pagar, procure ter sempre os cães[13], que fazem perder. Se fizerem andar as peças sobre o tabuleiro, faça de modo com que os inimigos de vidro[14] triunfem sobre os seus soldados. Leve você mesmo a sombrinha dela aberta; você mesmo abrirá espaço na multidão, se ela atravessá-la. Esforce-se para aproximar a escadinha de um leito arredondado; tire ou ponha as sandálias em seus pés delicados. Frequentemente também, mesmo tremendo de frio, é preciso esquentar em seu peito as mãos geladas de sua amiga. E não julgue vergonhoso (se for vergonhoso, isto deve lhe agradar), você, um homem livre, segurar o espelho para ela. O deus que, após ter aborrecido sua sogra

---

13. O golpe do cão, o pior, consistia em obter o mesmo número sobre os quatro dados.

14. Os peões eram de cristal ou de vidro.

colocando monstros em seu caminho, mereceu ser admitido no céu, que ele havia antes carregado, segurava a cesta de costura entre as virgens da Jônia e trabalhava a lã grosseira. As ordens de sua amiga tornaram dócil o herói de Tirinto. Vá agora e tente suportar o que ele suportou! Se lhe disserem para ir ao Fórum, arrume-se para estar lá sempre antes da hora marcada e não saia senão bem tarde. "Encontre tal endereço", ela lhe diz. Corra para lá, deixando tudo, e que a multidão não atrase sua marcha. À noite, quando ela retornar para casa, após um festim, se pedir um escravo, ofereça-se. Ela está no campo e lhe diz: "Venha". O Amor detesta qualquer atraso: se você não tem carro, faça o caminho a pé. Nada deve detê-lo, nem o mal tempo, nem a canícula que dá sede, nem a queda da neve que, com seu lençol branco, cobre o caminho.

Não se deixar abater pelos obstáculos.

O amor é uma espécie de serviço militar. Para trás, homens covardes; não são os homens pusilânimes que devem levar os estandartes. A noite, o inverno, as longas estradas, os cruéis caminhos, todas as provas, eis o que suportamos no campo do prazer. Frequentemente, você deverá suportar a chuva que, do céu, verte aos borbotões, e muitas vezes, gelado de frio, você deitará sobre a terra nua. O deus do Cinto guardou as vacas de Admeto, rei de Feres, e viveu pobremente numa humilde cabana. O que Febo não julgou indigno dele, quem julgará? Dispa todo orgulho, se você quiser ser amado por muito tempo. Se você não tem um caminho seguro e fácil para encontrar sua bem-amada, se encontra uma porta trancada, bem! Deixe-se deslizar, caminho perigoso, pela parte do teto aberta; uma janela aberta lhe oferece também um caminho furtivo. Sua amante ficará transbordante de alegria e saberá que ela é a causa do perigo que você correu. Esta será a prova segura de seu amor. Você poderia muitas vezes, Leandro, privar-se de ver aquela que amava; você atravessava o Helesponto a nado, para mostrar-lhe seus sentimentos.

Conseguir as boas graças da criadagem.

Não se envergonhe em ganhar as boas graças das servas, de acordo com sua categoria; não se envergonhe tampouco em ganhar as boas graças das escravas. Cumprimente cada uma pelo nome (isto não lhe custará nada), e que o suborno prenda as humildes mãos delas nas suas. Mas, além disso, no dia da Fortuna, dê um presentinho à escrava que lhe pedirá: a despesa é pequena. Faça o mesmo para a serva, no dia em que os gauleses, confundidos pelas vestes das servas romanas, foram punidos pelo seu erro.[15] Creia-me, coloque esse pequeno mundo dentro dos seus interesses: em todo caso, não esqueça do porteiro nem do escravo que guarda a porta do quarto de dormir.

---

15. Dia 7 de julho. Após a retirada dos gauleses, os povos vizinhos de Roma intimaram o Senado romano a lhes entregarem todas as mulheres livres. A conselho de uma serva, as servas romanas vestiram as roupas de suas patroas, se dirigiram ao campo dos inimigos, os embriagaram e asseguraram assim o sucesso das armas romanas. Também o dia 7 de julho era o dia da festa das servas.

Que presentes dar?

Aconselho-o a não dar à sua amiga presentes suntuosos: que eles sejam modestos, mas escolhidos e oferecidos com habilidade. Na estação em que o campo expõe suas riquezas, em que os galhos dobram sob o peso [dos frutos], que um jovem escravo leve para ela um cesto cheio de presentes rústicos. Você poderá dizer que os recebeu de seu campo, sendo que foram comprados na Via-Sacra; que ele traga uvas ou aquelas castanhas que Amarílis gostava; mas agora ela não gosta mais. Você pode também enviar um tordo ou uma coroa, para mostrar que você pensa nela. É vergonhoso que esses meios sirvam para ganhar um velho sem filhos, quando se prevê sua morte. Ah! que morram aqueles que fazem uso culpável dos presentes.

Deverei aconselhá-lo a enviar-lhe também versos de amor? Que pena! A poesia não é mais uma honraria. Elogiamos as poesias, mas são os grandes presentes que pedimos: contanto que ele seja rico, até o rústico agradará. Nossa idade é verdadeiramente a idade de ouro: é o ouro que proporciona as maiores honras, é o ouro que propicia o amor. Sim, Homero, você mesmo poderá vir, acompanhado das Musas; se não trouxer nada, o mandarão embora, Homero. Há sem dúvida mulheres cultas, porém um grupo pouco numeroso; o outro grupo não tem cultura, mas quer ostentá-la. Faça, em seus versos, o elogio de um e de outro; e que seus versos, bons ou maus, possam agradar ao leitor pelo encanto de sua força. A umas e outras, os versos em sua honra, compostos durante uma noite de insônia, poderão talvez substituir um pequeno presente.

Por exemplo, o que você mesmo fizer, o que você acha útil, consiga que sua amiga o peça sempre. Você prometeu a liberdade a um de seus escravos; procure fazer com que ele solicite isto através de sua amiga. Você concede clemência a um escravo de um castigo de ferros terríveis; o que você teve a intenção de fazer, que ela o faça! Que a vantagem seja sua, mas deixe-lhe a honra: você não perderá nada em dar-lhe o papel de uma pessoa todo-poderosa.

Ficar em perpétua admiração.

Mas se você deseja conservar o amor de sua amiga, se esforce para fazê-la acreditar que está maravilhado com sua beleza. Ela veste uma capa de púrpura de Tiro? Elogie os capas de púrpura de Tiro. Ela usa um tecido de Cós? Fale que o tecido de Cós lhe cai bem. Ela brilha com o ouro? Diga-lhe que a seus olhos ela é mais importante do que o ouro. Se ela escolheu um tecido espesso, elogie o tecido que ela escolheu. Se ela aparecer só de túnica, grite: "Me abrace"; mas timidamente peça para ela se proteger do frio. Ela está penteada com simples fitas? Elogie as fitas. Ela enrolou os cabelos à ferro? Você deve gostar de cabelos enrolados. Admire seus braços quando ela dança, sua voz, quando ela canta, e, quando ela parar, lamente que ela tenha acabado. Seus abraços e tudo que lhe traz felicidade, você poderá festejá-los, e que as volúpias secretas sejam saboreadas à noite. Seja ela cruel como a assustadora Medusa, ela se tornará doce e benevolente com seus suspiros. Evite parecer disfarçar, com palavras, seu pensamento, e que a expressão de seu rosto não desminta o efeito de sua linguagem. A arte é útil quando é dissimulada; se for descoberta, fará ruborizar e destruir sua confiança para sempre.

Dar provas de dedicação.

Frequentemente, com a aproximação do outono, quando o ano está na sua mais bela época, quando as uvas ficam cheias de um suco acobreado, quase vermelho, quando sentimos aos poucos um frio que nos aperta ou um calor que nos distende, esta inconstância de temperatura fatiga o corpo. Possa sua amiga continuar bem saudável. Mas se alguma indisposição a forçar a ficar no leito, se, doente, ela sentir a maligna influência do céu, que ela sinta então seu amor e sua dedicação! Semeie o grão que mais tarde você colherá com a foice. Não se deixe desencorajar com as exigências da enferma; que suas mãos lhe prestem todos os serviços que ela pedir; que ela o veja chorar; que nenhuma repugnância o faça recusar seu beijo e que os lábios ressecados dela bebam suas lágrimas! Faça muitos votos, mas sempre em voz alta, e, todas as vezes que isso possa agradá-la, tenha sonhos de bom augúrio para lhe contar. Chame, para purificar o leito e o quarto, uma velha que, com a mão trêmula, traga o enxofre e os ovos. Todas essas atenções deixarão nela a lembrança de uma doce solicitude. Muitas pessoas, através deste meio, ganharam um testamento. Contudo, para que seus bons ofícios não o tornem detestado pela enferma, sua terna solicitude deve ter limites. Não afaste dela a comida; não lhe apresente a taça que contém uma bebida amarga; deixe seu rival prepará-la.

A força do hábito desenvolve o amor.

Mas o vento para quem você tinha entregue as velas ao deixar o porto não é mais aquele que, uma vez em alto-mar, lhe convém. O amor, ainda jovem e pouco seguro de si, se fortifica com o uso; alimente-o bem, e, com o tempo, ele se tornará sólido. Este temido touro, você tinha o hábito de acariciá-lo quando era bezerro; esta árvore, à sombra da qual você se deita, não era no início senão uma fina haste; pequeno em sua nascente, o rio aumenta enquanto avança, e, durante seu curso, recebe a água de mil afluentes. Faça com que sua bela se habitue com você; nada é mais poderoso do que o costume; para criá-lo, não recue diante de nenhuma dificuldade. Que sua amiga o veja sempre; que ela o escute sempre; que a noite e o dia mostrem o seu rosto para ela. Quando você tiver muitas razões para crer que ela sente saudades suas, quando sua ausência lhe causar alguma inquietação, deixe-a descansar um pouco; um campo descansado retribui largamente o que lhe confiamos, e uma terra árida bebe avidamente as águas do céu. Fílis demonstrou ter por Demofoonte uma chama mais moderada, mas ela se inflamou quando ele levantou vela. Penélope vivia atormentada pela ausência do prudente Ulisses; aquele a quem você amava, o neto de Filarco, ó Laodâmia, estava ausente.

Mas é mais seguro que sua ausência seja curta: com o tempo as saudades diminuem, o ausente não existe mais, um novo amor se introduz. Durante a ausência de Menelau, Helena, para não ficar mais sozinha à noite, encontrou um tépido asilo nos braços de seu hóspede. Que grande erro foi o seu, Menelau! Você partiu sozinho, deixando sob o mesmo teto seu hóspede e sua esposa. A um abutre, você confia, insensato, tímidas pombas; ao lobo das montanhas, você confia um curral de ovelhas bem-tratadas. Não, Helena não é culpada, seu amante não é criminoso. Ele fez o mesmo que você ou o que qualquer um teria feito. Você os forçou ao adultério, ao fornecer-lhes o tempo e o lugar. Que outro conselho além do seu seguiu sua jovem mulher? Que podia fazer? Seu marido não está lá, mas há um hóspede que não é rude e ela teme repousar sozinha num leito que você abandonou. Que o filho de Atreu pense o que quiser: eu absolvo Helena; ela aproveitou a condescendência de um marido benevolente.

Se esforçar para que as infidelidades sejam ignoradas.

Mas o ruivo javali, com toda a sua cólera, quando suas presas fazem rolar na poeira os cães obstinados; a leoa, quando apresenta suas tetas aos filhotes que ela amamenta; a víbora de pequeno tamanho que um passante distraído pisou, são menos cruéis do que a ardente cólera da mulher que surpreende uma rival no leito de seu marido; ela mostra com seu semblante os sentimentos de sua alma; ela procura um ferro, uma chama, e, esquecendo toda moderação, ela corre, como ferida pelos cornos do deus da Aônia. O crime de um esposo, a violação da lei conjugal, uma esposa bárbara, nascida às margens do Fase, serão vingados em seus filhos. Outra mãe desnaturada, é esta andorinha que você vê. Repare, ela ainda tem sangue em seu peito. É assim que se rompem uniões bem-construídas, uniões sólidas: um homem prudente deve evitar essas acusações.

Não é que eu, censor severo, o condene a ter só uma amiga. Aos deuses não agrada! É com sacrifício que uma mulher casada pode tomar esta atitude. Divirtam-se, mas sejam prudentes; que sua falta seja dissimulada e furtiva; não se deve extrair nenhuma vaidade de sua ação culpável. E não dê presente que a outra possa reconhecer; não tenha horário fixo para sua infidelidade, e se você não quiser que uma amiga o surpreenda num retiro que ela conhece, não combine nunca seus encontros no mesmo lugar. Cada vez que você escrever, comece por examinar bem a tabuinha; quantas mulheres leem aí mais do que lhes escrevemos!

Ofendida, Vênus pega justamente as armas, lança flecha sobre flecha e, tendo sofrido, quer que você sofra também. Enquanto o filho de Atreu se contentou com uma só mulher, ela também foi casta; a falta de seu marido a tornou culpada. Crises, tendo nas mãos o louro e as faixas, não pôde recuperar sua filha. Lirnessiana, ela ficou sabendo do rapto que causou sua dor e prolongou vergonhosamente a guerra. Tudo isto, ela ouviu falar, mas a filha de Príamo, ela tinha visto com seus olhos, pois o vencedor, para sua humilhação, estava cativo de sua cativa. Também a filha de Tíndaro deu ao filho de Tieste um lugar em seu coração e em seu leito, punindo cruelmente a falta de seu esposo.

Quando nossas infidelidades são descobertas, como se defender?

Se seus atos, ainda que bem dissimulados, vierem a ser descobertos, mesmo assim, negue-os até o fim. Não seja nem submisso nem mais carinhoso que de costume; estes são os maiores sinais de um coração culpado. Mas não poupe seus rins; a paz tem esse único preço: é o leito que deve provar que você não experimentou antes os prazeres de Vênus. Há velhas que aconselham colocar a segurela, planta malfazeja; a meus olhos, é um veneno; ou misturamos pimenta ao grão da picante urtiga ou o amarelo píretro moído num vinho velho. Mas a deusa que habita as colinas sombreadas do monte Erix não suporta esses meios artificiais de provocar seu prazer. O que você pode pegar é a cebola-branca que nos manda a vila grega de Alcátoe; é a erva amorosa que cresce em nossos jardins; são os ovos, é o mel de Hímeto, são as amêndoas que envolvem as escamas da pinha pontiaguda.

Em alguns casos, provocar o ciúme.

Mas, sábio Erato, por que me extraviar para essas artes mágicas? Minha carruagem deve passar rente à baliza. Você, a quem, há pouco, eu aconselhava a esconder suas faltas, eu aconselho a mudar de rota e a publicar suas infidelidades. Não vá me acusar de inconsequência!

Não é sempre o mesmo vento que permite ao barco transportar seus passageiros, portanto, em nossa rota, é às vezes Bóreas vindo da Trácia, às vezes Euro que nos empurram; nossas velas são sopradas frequentemente pelo Zéfiro, ou pelo Noto. Repare o condutor de uma carruagem: ora ele se deixa conduzir pela guia, ora com mão hábil ele detém seus cavalos arremessados à rédea solta.

Há mulheres junto às quais uma obediência temerosa se opõe ao objetivo, e que o amor enfraquece por falta de uma rival. Geralmente, a prosperidade embriaga o espírito e não é fácil, quando somos felizes, mostrar uma alma indiferente. Reparem num fogo quase extinto por ter consumido pouco a pouco seus alimentos; ele desapareceu sob a cinza branca; mas se o assopramos, a chama que parecia extinta se recupera e brilha como antes. Assim também quando o coração se abate no indolente torpor da segurança, é preciso empregar agulhas penetrantes para acordar o amor. Faça com que sua amiga sinta-se insegura a seu respeito: desperte o ardor de seu coração arrefecido; que ela empalideça percebendo sua infidelidade.

Ó quatro vezes feliz e um número incalculável de vezes, aquele que a amante geme ao se ver traída, e que, quando seu ouvido a informa de uma falta que ela gostaria de duvidar, desmaia; desgraçada! Ela perde ao mesmo tempo a cor e a voz. Quem me dera ser aquele pelo qual seu furor arranca os cabelos! Quem me dera ser aquele pelo qual suas unhas arranham suas faces delicadas, a quem ela não possa ver sem chorar, a quem ela olha com um olhar selvagem, sem o qual ela não pode viver, mas queria poder viver! Se você me pergunta quanto tempo a deixará se queixando de sua ofensa, eu responderei: que seja breve; senão uma demora muito grande permitirá à cólera retomar as forças. Apresse-se em envolver seu pescoço branco com seus braços, apoie seu rosto banhado em lágrimas sobre seu peito. A suas lágrimas, dê beijos, a suas lágrimas, dê os prazeres de Vênus. A paz será feita. É o único meio de dissipar sua cólera. Quando ela estiver muito irritada, quando ela parecer uma inimiga declarada, peça-lhe para assinar um tratado de paz sobre seu leito. Ela se acalmará. É lá que, sem armas, habita a Concórdia; é neste lugar, creia-me, que nasce o perdão. As pombas que a instantes brigavam unem seus bicos, e seus arrulhos são uma linguagem de amor.

No começo, o mundo era uma matéria confusa e sem ordem, onde não se distinguiam os astros, a terra, o mar. Logo, o céu foi colocado acima das terras; nosso solo foi rodeado de água e o caos vazio se repartiu entre os diversos elementos. A floresta se tornou o abrigo dos animais ferozes, o ar dos pássaros; vocês, peixes, estão ocultos nas águas fluidas. Então os humanos erravam solitários nos campos; eles eram somente músculos sem inteligência, um corpo rudimentar. A floresta era sua morada, seu alimento, a erva, seu leito, as folhas, e durante muito tempo eles ignoraram-se uns aos outros. Foi a voluptuosidade afetuosa que domou essas almas selvagens. Uma mulher e um homem pararam num mesmo lugar. O que eles tinham que fazer aprenderam sozinhos, sem professor. Sem nenhum tratado para ajudar, Vênus cumpriu seu doce ofício. O pássaro tem uma fêmea para amar. O peixe fêmea encontra no meio das águas com quem provar o prazer de se unir. A corça procura o macho de sua raça. A serpente macho é inteiramente de sua fêmea. O cachorro, após a cópula, permanece ligado à cadela. A ovelha recebe o macho com prazer; o touro também cobre a vaca com prazer; a cabra confusa permite o assalto de seu macho lascivo; a jumenta fica louca e vai procurar em lugares afastados o garanhão que os rios separam dela.

Portanto, no começo, e para acalmar a cólera de sua amiga, empregue remédios enérgicos. Somente eles podem acalmar o ressentimento agudo. Esses remédios superam os sucos de Macáon[16]; somente eles, após sua falta, o farão obter a graça.

Conhecer-se para saber valorizar-se.

Tal era o tema de meus cantos, quando Apolo me apareceu de repente; ele tocou com seus dedos a corda de sua lira de ouro. Em suas mãos tinha um louro; um louro cingia sua cabeça sagrada. O deus-profeta, para que sejamos obrigados a reconhecê-lo, me aborda e diz: "Preceptor do amor libertino, conduza seus discípulos para meus templos; ali eles verão uma inscrição que a fama levou até as extremidades do universo e que ordena a cada um conhecer-se. Somente aquele que se conhecer será sábio em seus amores e permitirá o exercício de suas forças. Se a natureza lhe deu belos traços, você deve se mostrar por esse lado; se ele tem uma pele bonita, dormirá com o ombro descoberto;

---

16. Filho de Esculápio e irmão de Macáon. É aqui o representante dos grandes curandeiros.

aquele que tem uma conversação agradável evitará um morno silêncio; aquele que sabe cantar cantará; aquele que sabe beber beberá. Mas que os bons oradores não se ponham a declamar numa conversação comum, nem os poetas extravagantes a ler os seus versos.". Tais foram os conselhos de Febo: obedeçam os conselhos de Febo! A boca sagrada deste deus só profere palavras infalíveis. Voltarei a coisas mais chãs. Qualquer um que seja sábio em seus amores triunfará e obterá o que deseja seguindo nosso tratado.

As tristezas do amor.

O sulco nem sempre devolve com usura o que lhe confiamos, e o vento nem sempre favorece o barco em sua rota imprevista. Poucos prazeres e muitas penas, eis o quinhão dos amantes: que eles preparem sua alma para numerosas provas. As lebres que nutrem o monte Atos, as abelhas que nutrem o monte Hibla, os bagos que traz a árvore de Palas de folhagem escura, as conchas do mar não são tão numerosos quanto os tormentos do amor. Os dardos que recebemos são abundantemente embebidos em fel. Dirão que sua amante saiu no mesmo instante em que você a vê; pense que ela saiu e que seus olhos o enganam. Ela lhe prometeu sua noite, mas sua porta está fechada: suporte com paciência e deite seu corpo mesmo na terra suja. Talvez uma serva mentirosa seja capaz de dizer com um ar insolente: "Por que este homem cerca nossa porta?". Suplicante, dirija palavras carinhosas aos batentes e à cruel serva, retire as rosas que estão sobre sua cabeça e as ponha sobre a soleira. Quando ela o quiser, você virá; quando ela o evitar, você sairá; um homem bem-educado não deve ser importuno. Você gostaria de forçar sua amiga a dizer: "Não há meios de livrar-me!". Os sentimentos dela nem sempre serão contrários a você. E não tenha vergonha de suportar as injúrias de sua amiga, seus golpes, e de chegar até a beijar seus pés delicados.

Conduta a ser mantida em relação a um rival: Marte, Vênus e Vulcano.

Mas por que me deter em detalhes? Meu espírito arde para abordar temas mais importantes. Vou cantar grandes coisas. Povo, preste-me toda atenção. Perigosa é minha empreitada, mas, sem perigo, não há mérito. É um trabalho difícil que lhe exige nosso tratado. Suporte com paciência um rival; a vitória estará do seu lado; você será vencedor na arte que pratica o poderoso Júpiter. São estas, creia, as palavras, não de um homem, mas dos carvalhos gregos; meu tratado não pode oferecer-lhe nada mais importante. Sua amiga fará algum gesto a um rival; suporte. Ela lhe escreverá: não toque na tabuinha. Que ela venha de onde quiser; que vá onde lhe agradar. Essa condescendência os maridos dedicam às suas esposas legítimas, quando, você também, bom Sono, vem representar o seu papel. Nesta arte, confesso, não sou versado. O que fazer? Eu mesmo estou abaixo de meus conselhos. Qual! Em minha presença, farão sinais à minha amiga e eu sofrerei, mas a cólera não me levará a cometer nenhum excesso! Eu me lembro que um dia seu amante lhe beijara; fiz uma cena por isto; nosso amor é cheio de exigências bárbaras! E não foi apenas uma vez que este defeito me prejudicou. Mais hábil é o amante que apresenta ele próprio os outros. O melhor é ignorar tudo. Deixe-a ocultar suas infidelidades e não a force a mudar sua fisionomia para fugir ao rubor da confissão. Razão a mais, jovens, para evitar surpreender suas amantes. Que elas os enganem, e que enganando-os elas pensem que estão lhes enganando! É aumentar o amor de dois amantes, surpreendê-los; já que sua sorte é comum, eles persistem um e outro naquilo que causou sua perda.

Contaremos uma história bem conhecida no Olimpo inteiro, aquela de Marte e de Vênus pegos em flagrante delito graças à astúcia de Vulcano. O deus Marte, tomado de uma louca paixão por Vênus, de guerreiro terrível se tornara melancólico. E a deusa não se mostrou nem violenta nem cruel às preces do deus que preside os combates: nenhuma deusa era tão terna. Quantas vezes, brincalhona, ela ridicularizou o manquejar de seu marido e suas mãos endurecidas pelo fogo e pelo trabalho! Ao mesmo tempo ela imitava Vulcano na presença de Marte: isto lhe caía bem e sua beleza era temperada por mil encantos. Mas, no início, eles tinham o hábito de esconder seus encontros amorosos: sua paixão culpada era cheia de reserva e de pudor. Uma denúncia do Sol (quem poderia escapar aos olhares do Sol?) fez Vulcano tomar conhecimento da conduta de sua esposa. Que exemplo desagradável você deu, Sol! Peça uma recompensa à Vênus. A você, também, ela teria alguma coisa a dar como recompensa pelo seu silêncio. Vulcano coloca redes imperceptíveis em torno e embaixo do leito; os olhos não conseguem ver sua obra; ele finge que está em Lemnos; os amantes comparecem ao encontro; ambos, nus, são presos na rede. Vulcano convoca os deuses; os prisioneiros lhes servem de espetáculo; achamos que Vênus teve dificuldade em conter as lágrimas. Os amantes não puderam esconder o rosto, nem mesmo colocar as mãos na frente das partes que não devem ser vistas. Então, um dos deuses falou, rindo: "Se essas correntes o incomodam, Marte, o mais corajoso dos deuses, dê-me-as". Foram suas súplicas, Netuno, que fizeram com que Vulcano soltasse os corpos cativos. Marte se retirou na Trácia, Vênus em Pafos. Após sua bela proeza, Vulcano, o que eles ocultavam antes o fazem agora mais abertamente, pois baniram o acanhamento. Todavia, muitas vezes você confessa que teve uma conduta insensata e imprudente, e dizem que você se arrependeu de seu estratagema.

Impeçam tal conduta: Dioneia, surpreendida em flagrante delito, proíbe essas armadilhas que a fizeram sofrer. Não estendam a rede em volta de um rival e não interceptem as cartas secretas. Se quiserem apenas prendê-las, deixem-nas serem presas pelos homens a quem a água e o fogo[17] farão maridos no sentido legal. Eu o proclamo pela segunda vez. Não nos divertimos aqui com o que manda a lei. Aos nossos jogos não se mistura nenhuma toga.

---

17. Quando a nova esposa entrava na casa lhe apresentavam o fogo e a água.

Discrição absoluta no amor.

Quem ousaria revelar aos profanos os mistérios de Ceres e as augustas cerimônias na Samotrácia? É pequeno o mérito de guardar um segredo, mas, ao contrário, é um grave erro divulgar o que se deve calar. É justo que o indiscreto Tântalo procure em vão colher os frutos das árvores e morra de sede no meio das águas. Citereia quer sobretudo o segredo sobre seu culto, eu os advirto para que ninguém seja iniciado se for tagarela. Os mistérios de Vênus não estão fechados em cofres; eles não vêm acompanhados por batidas frenéticas nos címbalos; cada um de nós toma parte deles, sim; mas cada um deve fazê-lo em segredo. Até Vênus, quando tira suas vestes, se inclina para frente e cobre com a mão seus encantos secretos. É na frente de todos e em qualquer lugar que os animais domésticos se acasalam; perante este espetáculo, mesmo se já o viu, a jovem desvia seu olhar. O que se deve ter para nossos encontros é um quarto bem fechado. Geralmente cobrimos com um véu o que é indecente mostrar, e procuramos, senão as trevas, pelo menos uma semiobscuridade e alguma coisa menos fulgurante do que a luz do dia. No tempo em que a telha ainda não protegia do sol e da chuva, em que o carvalho fornecia abrigo e alimento, era nos bosques e cavernas, não à luz do dia, que os amantes se encontravam. Quando esta época ainda bárbara respeitava o pudor! Mas atualmente são anunciadas as proezas da noite e paga-se muito caro o quê? Somente o prazer de falar. Igualmente, em qualquer lugar são enumerados os encantos de todas as mulheres, dizendo ao primeiro que chega: "Essa aí, também, eu a tive", para ter sempre uma a quem apontar, para que todas em que você tocar se tornem o tema de conversas fúteis. Há mais: alguns inventam aventuras que desmentiriam se fossem verdadeiras, e dão a entender que conseguiram os favores de todas as mulheres. Se lhes for impossível apoderar-se da pessoa, eles se apoderam de seu nome, e a indigitada é difamada sem que o corpo tenha sido tocado. Vá agora, guardião que detestamos, feche bem a porta atrás de sua amante, ponha cem cadeados na porta maciça. Onde encontrar proteção segura, uma vez que há pessoas que mancham as reputações e desejam fazer crer numa felicidade que não houve? Nós contamos somente com discrição nossos sucessos, mesmo reais; nossos furtos amorosos ficam protegidos pelo mistério de um silêncio impenetrável.

Elogiar até os defeitos da mulher amada.

Sobretudo não vá criticar numa mulher seus defeitos: quantos amantes foram aprovados por terem dissimulado! A cor da pele, em Andrômeda, nunca foi criticada por aquele que, em cada pé, tinhas asas em movimento. Concordamos ao achar que Andrômaca tem um tamanho desmesurado: só um homem a julgava de tamanho médio, Heitor. O que você não pode suportar, é preciso se acostumar; você o suportará com facilidade; o costume atenua bem as coisas, enquanto o amor que começa observa tudo. Este ramo, recentemente enxertado na casca verde, vai pegar; ele é ainda delicado; se a mais leve brisa o balançar, ele cairá. Logo, fortificado pelo tempo, ele resistirá até mesmo ao vento, e, árvore robusta, dará frutos adotivos. O passar dos dias basta para suprimir todos os defeitos físicos, e o que era um defeito deixa de sê-lo com o tempo. Quando não estão acostumadas, as narinas não podem suportar o cheiro do couro; com o tempo elas são educadas e não percebem mais o odor.

Palavras podem atenuar os defeitos: chamaremos de morena aquela que tem o sangue mais negro que a resina da Ilíria. Ela é estrábica? É parecida com Vênus. Tem os olhos amarelos? Como Minerva. Será esbelta aquela a quem a magreza deixa apenas um sopro de vida. Chamaremos ágeis as pequenas, e bem-apanhadas, as enormes. Breve disfarçamos os defeitos sob as qualidades que estão mais próximas.

A idade.

Não pergunte sua idade, nem sob qual cônsul nasceu (é problema do rígido censor), principalmente se ela não estiver mais na flor da juventude, que sua melhor estação tenha passado e que ela já arranque os cabelos grisalhos. Pessoas jovens, esta idade ou uma idade mais avançada não é inútil: sim, esse campo que desprezamos trará colheitas; sim, esse campo é bom para semear. Enquanto as forças ou os anos permitirem, enfrentem as fadigas: logo, com passo silencioso, virá a velhice, que os curvará. Fendam o mar com seus remos, ou a terra com seu arado, ou então carreguem suas mãos belicosas com armas mortíferas, ou ainda consagrem às mulheres seu vigor viril e seus cuidados. Esse último proveito é também um serviço militar; esse último proveito traz também riquezas.

Acrescentem que as mulheres são mais sábias no trabalho, e que elas possuem a experiência que sozinha faz artistas. Com cuidados elas compensam o ultraje dos anos; elas procuram não parecer velhas; seguindo sua fantasia, elas se prestarão, por amor, a mil comportamentos; nenhuma coletânea de pinturas imaginou tantas poses. Nelas o prazer nasce sem provocação artificial; para que seja realmente agradável, é preciso que a mulher e o homem participem igualmente. Detesto os abraços nos quais nem um nem outro se entregam (eis porque eu tenho menos atração por meninos). Detesto a mulher que se entrega porque deve se entregar, e que, não sentindo nada, pensa em seu tricô. O prazer que me concedem por obrigação não é agradável; eu não quero o dever de uma mulher. Quero ouvir palavras que traduzam a alegria que ela sente, me pedindo para ir mais devagar e me conter. Gosto de ver os olhos agonizantes de uma amante que desfalece, e que, abatida, não quer mais, por muito tempo, que a toquem.

Estas vantagens, a natureza não concedeu à primeira juventude; em geral, só são encontradas logo após transcorridos sete lustros. Que pessoas apressadas bebam vinho novo; para mim, que uma ânfora cheia desde os cônsules, há muito tempo, verta um vinho feito por nossos avós. O plátano só pode resistir a Febo depois de muito tempo, e prados ceifados recentemente machucam os pés nus. Qual! Você poderá preferir Hermíone à Helena[18], e Gorge era melhor que sua mãe? Em todo o caso, se você quiser se dirigir à Vênus madura, até com pouca perseverança, você será recompensado.

Prática das coisas do amor.

Mas eis que, cúmplice, um leito recebeu dois amantes: pare, Musa, na porta fechada de seu quarto. Sozinhas, sem a sua ajuda, as palavras virão em tropel, e, no leito, a mão esquerda não ficará parada. Os dedos encontrarão o que fazer do lado onde misteriosamente o Amor mergulha seus traços. É assim que em relação à Andrômaca ele usou primeiro o corajoso Heitor, e não somente nos combates ele era bom. É assim que, ele também, em relação à sua cativa de Lirnesso usou o grande Aquiles, quando, fatigado da guerra, repousava sobre um leito macio. Essas mãos, Briseide, você queria muito que elas a tocassem, e no entanto elas estavam sempre sujas do sangue frígio. Ora, voluptuosa, o que você desejava não era justamente sentir sobre seus membros essas mãos vitoriosas?

Creia-me, não é preciso apressar o fim da voluptuosidade, mas chegar lá insensivelmente após atrasos que a prorrogam. Quando você tiver achado o lugar que a mulher gosta de ser acariciada, o pudor não deve impedi-lo de acariciá-la. Você verá os olhos de sua amiga brilharem com um lampejo trêmulo, como acontece muito aos raios de sol refletidos numa água transparente. Depois virão as queixas, um delicado

---

18. Sua mãe.

murmúrio, doces gemidos e as palavras que servem ao amor. Mas não vá, retirando mais véus, deixá-la para trás, ou permitir que ela se adiante na marcha. Atinjam o alvo ao mesmo tempo; é o ápice da volúpia, quando, ambos vencidos, mulher e homem permanecem estendidos sem força. Eis a conduta a seguir, quando o lazer o deixa totalmente livre, e que o medo não o obrigue a apressar o furto de amor. Quando for perigoso tardar, é útil inclinar-se com toda a força sobre os remos e esporear seu corcel lançado a toda velocidade.

Conclusão e transição ao Livro III.

Estou chegando ao fim de meu trabalho; concedam-me a palma, juventude agradecida, e sobre minha cabeleira perfumada coloquem um coroa de mirta. O que era Podalírio para os gregos na arte de curar, o neto de Éaco na coragem, Nestor na sabedoria, o que era Calcante pela sensibilidade, o filho de Telamão pela habilidade nas armas, Automedonte para dirigir carros, eu o sou como especialista no amor. Homens, celebrem seu poeta; concedam-me louvores; que meu nome seja cantado no mundo inteiro. Eu lhes dei as armas; Vulcano as deu para Aquiles; que meus presentes lhes deem a vitória, como eles a deram. Mas todos aqueles que, graças ao gládio recebido, triunfarem sobre uma Amazona, inscrevam sobre os despojos: "Ovídio foi meu mestre".

Mas eis que tenras jovens me pedem preceitos: vocês serão o principal tema de meus versos.

LIVRO III

Matéria desse livro.

Dei armas aos gregos contra as Amazonas: falta-me agora, Pentessileia, dá-las a você e a seus esquadrões. Vá para o combate com armas iguais; que a vitória pertença àqueles que conquistarem a benfeitora Dioneia e a criança que, com seu voo, percorre todo o universo. Não é justo que vocês enfrentem, sem defesa, inimigos armados: para vocês também, homens, será vergonhoso vencer nestas condições.

Talvez, entre todos, um homem venha me dizer: "Por que oferecer às serpentes um novo veneno e abrir o curral à loba feroz?". Não estenda a todas as mulheres a acusação que pesa sobre algumas delas; que cada uma seja julgada de acordo com suas ações. A mais nova das Atridas e a mais velha podem fazer uma grave acusação contra a irmã de Helena; o crime de Erífila, filha de Talão, precipitou o filho de Ecleu vivo, com seus cavalos, nas margens do Estige. Mas Penélope permaneceu fiel durante os dois lustros em que seu esposo errou pelos mares e os dois lustros em que fez a guerra. Pense no neto de Fílaco, e naquela que o acompanhou e morreu antes de seu tempo. A pagasiana comprou a vida de seu marido, o filho de Feres, e, em lugar do marido, a mulher foi levada ao túmulo. "Receba-me, Capaneu; nossas cinzas serão misturadas", disse Ifias, e se lançou no meio da carnificina.

A virtude, ela também é mulher, com suas vestes e seu nome; é de espantar que ela agrade a seu sexo? Contudo não é para tais almas que meu tratado é endereçado; minha barca pede velas menores. Eu só ensino amores leves. Vou ensinar às mulheres como elas se farão amadas.

A mulher não sabe afastar os fogos e as flechas cruéis; constato que esses riscos são menos temidos pelos homens. Os homens enganam muitas vezes, as mulheres, sexo delicado, poucas vezes, e, procurando bem, há poucas perfídias a lhes censurar. A mulher nascida à beira do Fase, já mãe, foi enganada e devolvida por Jasão: o filho de Eso recebeu nos braços uma nova esposa. Não seria por culpa dela, Teseu, se Ariadne, abandonada sozinha em lugares desconhecidos, servisse de isca para os pássaros marinhos. Procure saber por que uma estrada é chamada "Nove Rotas"; a resposta é que os bosques choraram Fílis, deixando cair as folhagens sobre seu túmulo. Seu hóspede tem a reputação de homem pio; entretanto, Elissa, é dele que veio a espada e o motivo de seu suicídio. O que causou sua perda, eu vou lhe dizer: você não sabia amar. A arte lhe faltou, e é a arte que faz o amor durar. Agora elas também não saberiam, mas a deusa de Cítera me pediu para dar-lhes lições e surgiu em pessoa perante meus olhos: "Que fizeram então essas infelizes mulheres? Abandonaram-nas, tropa sem armas, aos homens bem armados. A estes, duas libras os fizeram mestres na arte; é preciso que meu sexo, também, aprenda com suas lições. Aquele que começou lançando o opróbrio sobre a esposa nascida em Terapna cantou em seguida louvores a ela num poema mais alegre. Se eu o conheço bem, você que amou as mulheres, não as engane. Sua recompensa por esse serviço, você poderá cobrá-la durante toda a vida". Ela disse e me ofertou uma folha e alguns grãos da mirta que a coroavam quando apareceu para mim. Ao recebê-los, eu senti ainda sua divindade: o ar ficou mais brilhante e mais puro e a fadiga do trabalho não pesava mais sobre meu peito.

Enquanto Vênus me inspira, procurem aqui lições, ó mulheres! Eu falo para mulheres a quem o pudor, as leis e condição autorizam aproveitá-las. Desde já pensem na velhice que virá: assim, não deixem passar nenhum momento sem aproveitá-lo. Enquanto puderem, estando ainda na primavera da vida, divirtam-se; os anos passam como a água que corre; a onda que passou na sua frente não voltará mais de onde ela veio; assim também a hora que passou não pode mais retornar. É preciso aproveitar sua idade; ela foge rapidamente e, por mais feliz que ela seja, será menos feliz do que aquela que a precedeu. No lugar desses espinhos retorcidos floriam violetas; esta moita espinhosa me propiciou outrora encantadoras coroas. Dia virá em que você, que agora manda os apaixonados embora, velha e abandonada, ficará sozinha à noite sobre seu leito frio. Sua porta não será quebrada durante uma briga noturna, e de manhã você não encontrará a soleira coberta de rosas. Tão rápido, infelizmente! A pele se torna flácida, formando rugas, enquanto desaparece a bela cor do rosto gracioso; esses cabelos brancos que você jura que já tinha quando era jovem bruscamente cobrirão toda sua cabeça. As serpentes, saindo de sua fina pele, se despojam de sua velhice, e o cervo não é mais velho quando seus cornos caem; mas para nós não há recursos quando desaparecem nossos encantos: colham a flor, pois, se ela não for colhida, penderá e cairá sozinha. Além do mais, dar à luz faz envelhecer mais cedo: repetidas colheitas envelhecem o campo.

Endimião não a envergonhou, ó Lua, sobre o monte Latmo, Céfalo não foi uma conquista indigna da deusa com dedos de rosa; e Vênus, sem falar de Adonis, que ela não cessa de chorar, de onde vieram Eneias e Harmonia, seus filhos? Sigam, mortais, o exemplo das deusas e não neguem aos desejos de seus amantes os prazeres que vocês podem lhes dar.

Admitindo que eles as enganam, o que vocês perdem? Tudo o que vocês têm fica. Mil homens podem ter seus encantos à disposição deles; eles não os roubam. Com o uso o ferro se gasta e a pedra diminui; mas a coisa a que me refiro resiste a tudo e não há por que temer o menor dano. Quem recusaria a deixar acender uma chama em outra chama? Quem vigiaria as águas abundantes do mar profundo? Entretanto, haverá uma mulher para responder a um homem: "Nada feito". Como? O que você perde? A água que você usa para se lavar. Por outro lado, minha voz não as aconselha a se entregarem a qualquer um, mas pede para não recearem uma perda imaginária: vocês não perdem nada, se entregando.

Mais tarde será preciso o sopro de um vento mais possante; enquanto estou no porto, que uma ligeira brisa me empurre para frente!

Os cuidados com a pessoa.

Começo pelos cuidados com a pessoa: são as vinhas cuidadas que dão vinho em abundância; sobre um solo cultivado se anunciam grandes colheitas. A beleza é um presente da divindade; mas quantas podem se orgulhar de sua beleza! A maior parte de vocês não receberam esse presente. Cuidados farão um belo rosto; um belo rosto descuidado se perderá, mesmo sendo parecido com o da deusa de Idália. Se as mulheres, outrora, não deram todos os cuidados a seu corpo, é que, antigamente, seus maridos também não tinham todos esses cuidados. Se a túnica que cobria Andrômaca era de pano grosseiro, seria de espantar? Seu esposo era um rude soldado. Vemos a mulher de Ajax se apresentar ricamente vestida a um esposo com escudo feito de sete couros de boi? Outrora reinava uma simplicidade rústica; agora Roma está resplandecente de ouro e possui imensas riquezas do mundo que ela dominou. Vejam o Capitólio de hoje e o de outrora; diríamos que ele era consagrado a um outro Júpiter. Hoje a Cúria é verdadeiramente digna de tão nobre assembleia: ela era de palha quando o rei Tácio exercia o poder. O Palatino, onde se erguem brilhantes edifícios, sob a proteção de Apolo e de nossos fundadores, o que era? Uma pastagem para bois de lavoura. Que outros sintam simpatia pelo passado! Eu me felicito por ter vindo ao mundo só agora. Este século me agrada. É porque, hoje em dia, arrancamos da terra o ouro maleável, que trazemos de diversas margens conchas escolhidas, que vemos diminuir as montanhas à força de extrair delas o mármore, e que nossos molhes afastam as vagas azuis? Não, é que nós cuidamos do corpo e nossa época não conhece mais aquela rusticidade que sobreviveu a nossos primeiros antepassados. Mas também não vá carregar nas orelhas essas pedras preciosas, que o negro indiano[19] recolhe na água verde, e não se mostre com vestimentas carregadas de ouro. Este fausto com que você quer nos seduzir, muitas vezes nos afugenta.

O penteado.

É a singela elegância que nos agrada. Que seu cabelo não esteja despenteado. As mãos aumentam a beleza ou a retiram. Há muitas maneiras de arranjá-lo; uma mulher deve escolher aquela que lhe assenta melhor, e, antes de tudo, consultar seu espelho. Um rosto comprido pede cabelos separados sobre a fronte e sem nenhum enfeite: era assim o penteado de Laodâmia. Levantá-los num pequeno coque acima da fronte, de maneira a destacar as orelhas, eis o que pede um rosto redondo. Aquela jovem deixará seus cabelos balançarem sobre seus ombros, como você, Febo harmonioso, quando sua mão segura a lira. Uma outra os amarrará para trás, como fazia normalmente Diana quando, com a túnica curta levantada, perseguia a caça assustada. Cabelos armados e soltos ficam bem numa, outra os

---

19. Trata-se, na verdade, dos etíopes.

prenderá com presilhas e alças. Falta àquela o enfeite de um pente de Cilene; esta aqui quer ondulações semelhantes às ondas do mar. Mas não podemos contar os frutos do frondoso carvalho, as abelhas da Hibla, os animais de caça dos Alpes, assim como eu não posso dizer o número certo dos tipos de penteado. Cada dia aparece um novo arranjo. Um penteado negligente é tão comum que poderíamos acreditar que o penteado da véspera acaba de ser refeito. A arte apenas imita a fortuna. Assim, na cidade tomada de assalto, Iole se ofereceu aos olhares de Hércules, que disse logo: "É ela quem amo". Assim também aconteceu com você, filha de Gnosso, abandonada, quando Baco a levou em seu carro, aos gritos de "Evoé" pelos Sátiros.

Quanto a natureza é caridosa com seus encantos, pois oferece mil maneiras de corrigir os defeitos!

Nós somos impiedosamente depenados e nossos cabelos, levados pelos anos, caem como as folhas da árvore que Aquilão sacode. A mulher tinge seus cabelos brancos com ervas da Germânia e lhes confere artificialmente uma tonalidade mais conveniente que a cor natural. A mulher caminha enfeitada com uma espessa cabeleira que ela comprou, e, a preço de ouro, os cabelos de outra se tornam seus. Ela não se acanha de comprá-los abertamente: são vendidos sob as vistas de Hércules e do coro das Musas.

A roupa.

O que direi sobre a roupa? Não me refiro nem à passamanaria em ouro nem à lã, tingida com a púrpura de Tiro. Quando encontramos tantas cores por um preço menor, seria loucura vestir-se com toda sua fortuna! Eis a cor do céu, quando o céu está sem nuvens e quando o tépido vento oeste não traz a chuva. Eis aqui uma parecida com a sua lã, você que outrora permitiu a Frixo e a Hele escaparem dos artifícios de Ino.[20] Esta imita a água do mar e é a água do mar que lhe deu o nome; eu acreditaria que é a roupa das Ninfas. Aquela reproduz o açafrão (é uma roupa cor de açafrão que cobre a deusa que derrama o vinho, quando ela atrela seus cavalos), uma outra as mirtas de Pafos, uma terceira a ametista violeta, as rosas pálidas ou o grou da Trácia. Temos também a cor das glandes que você gosta, Amarílis, das amêndoas; a cera deu seu nome a um tecido. Quanto mais a terra renovada produz flores, quando a tepidez da primavera faz surgir os brotos da vinha e expulsa o inverno que tudo entorpece, mais cores há, ou ainda mais, para embeber a lã. Escolha-as com cuidado! Nem todas combinam com todas as mulheres. O negro fica bem numa pele resplandecente de brancura; em Briseide o negro ficava bem, e, quando ela foi raptada, era justamente de negro que ela estava vestida. O branco fica bem nas morenas: uma roupa branca a torna mais sedutora, filha de Cefeu, e era esta a cor de sua roupa quando você desceu na ilha de Serifo.

---

20. Ela quis mandar matar Frixo e Hele, filhos do primeiro casamento de seu marido. Um carneiro, enviado pela mãe deles, os salvou.

Outros meios de ser bela.

Estava prestes a adverti-las de que o forte odor do bode não deve sair de suas axilas, e de que suas pernas não devem ficar ásperas com os pelos grossos. Mas minhas lições não são endereçadas às jovens que vivem nos rochedos do Cáucaso ou que bebem suas águas, Caico da Mísia. Seria como recomendá-las para não deixarem, por negligência, enegrecer seus dentes e para lavarem, cada manhã, seu rosto no toucador.

Vocês também sabem como empalidecer aplicando maquiagem; aquela que não enrubesce naturalmente com sangue pode enrubescer artificialmente. Vocês sabem como preencher artificialmente o espaço entre as sobrancelhas e as pálpebras e dissimular a cor natural de suas faces. Não se acanhe ao marcar o contorno dos olhos com a cinza fina ou com o açafrão que nasce nas margens do límpido Cidno.

Sobre os meios de embelezá-las escrevi um tratado; ele é curto, mas é uma obra importante pelo cuidado que lhe dediquei. Vocês podem também procurar nele os socorros para os danos causados em seu rosto; para tudo que lhes interessa, minha arte fornece artifícios.

Não se deixar ver durante a toalete.

Mas não deixe seu amante surpreendê-la com suas caixas espalhadas sobre a mesa: a arte só embeleza se não ficar à mostra. Quem poderia, sem aversão, ver a borra do vinho que cobre todo seu rosto escorrer, levado pelo peso, sobre seu seio tépido? Que mal cheiro aquele da pintura à base de resíduo oleoso, que ainda fazemos vir de Atenas, essa substância extraída da tosa não lavada das ovelhas!

Eu não as aconselharia a empregar a mistura de medulas de corça perante outras pessoas e nem a limpar os dentes diante delas. Esses preparativos lhes darão encantos, mas o espetáculo é desagradável; quantas coisas chocam enquanto as fazemos e agradam quando estão prontas! Vejam hoje essas estátuas assinadas pelo laborioso Mirão: elas não eram outrora senão uma grosseira peça de metal. Para fazer um anel, é preciso começar batendo o ouro; as roupas que você veste foram uma lã imunda. Esse mármore, quando foi trabalhado, era uma pedra rugosa; hoje, estátua célebre, ele representa Vênus nua, espremendo a água de seus cabelos úmidos. Enquanto você cultiva sua beleza, achamos que você dorme: você aparecerá muito mais bela quando tiver feito o último retoque. Por que eu devo saber a que é devida a brancura resplandecente de seu rosto? Feche a porta de seu quarto de dormir. Por que mostrar uma obra inacabada? Há muitas coisas que convém que o homem ignore. Quase todas as aparências nos chocariam se víssemos o que há por detrás delas. Os enfeites dourados que enfeitam a cena, examine-os; que fina camada de metal sobre a madeira! Mas só se permite ao público aproximar-se deles quando estão terminados; do mesmo modo, é na ausência dos homens que é preciso se fazer bela.

Entretanto, eu não as proíbo de pentear os cabelos na presença deles, para que eles os vejam balançar sobre seus ombros. Mas principalmente abstenha-se de qualquer mau humor e não fique se penteando e despenteando várias vezes. Que a cabeleireira não tenha nada a temer de sua parte: eu detesto as mulheres que arranham o rosto delas com suas unhas ou que lhes enfiam um alfinete de cabelo no braço. Ela dedica aos olhos infernais a cabeça de sua patroa, cabeça que ela segura entre as mãos; e ao mesmo tempo coberta de sangue, ela deixa cair suas lágrimas sobre esta odiosa cabeleira. A mulher que não tem como se orgulhar de sua cabeleira deve pôr um sentinela na porta ou ser penteada sempre no templo da Boa Deusa.[21] Haviam anunciado minha inesperada chegada a uma bela: emocionada, ela colocou sua peruca ao contrário. Que nossos inimigos conheçam um motivo tão vergonhoso para enrubescer! Que as filhas dos partas provem este opróbrio! É coisa hedionda um boi sem chifres, um campo sem verde, um arbusto sem folhas e uma cabeça sem cabelos.

Meios de remediar os defeitos físicos.

Não foram vocês que vieram receber minhas lições, Sêmele ou Leda, nem você, Sidônia, que um falso touro transportou além dos mares, nem Helena, que você reclama com razão, Menelau, e com razão também você esconde, troiano, quem as raptou. Quem vem receber minhas lições é o povo, mistura de bonitas e de feias, e há mais feias do que bonitas! As belas não procuram a ajuda de meu tratado e seus preceitos; elas têm sua beleza que não precisa de arte para exercer sua

---

21. Onde os homens não eram admitidos.

força. Se o mar está calmo, o piloto repousa em segurança; se aquele se agita, este não larga seus socorros.

Entretanto, é raro que uma pessoa não tenha defeito: esconda esses defeitos, e, o quanto possível, dissimule suas imperfeições físicas. Se você é pequena, sente-se, evite que, em pé, a creiam sentada, e estenda sua miúda pessoa sobre o leito; mesmo lá, deitada, para que não se possa avaliar seu tamanho, jogue sobre si uma roupa que esconda seus pés. Muito magra, vista-se com roupas de tecido grosso; ponha uma grande capa sobre as costas. Tem a pele pálida? Vista-se com roupas listradas de cores brilhantes. Muito morena? Procure a ajuda dos tecidos brancos de Faros. Um pé deformado deve sempre se esconder num calçado branco de couro fino; uma perna seca nunca deve se mostrar sem correias. Finas almofadas convêm a ombros salientes; que um espartilho cerque um peito chato. Faça acompanhar suas palavras com poucos gestos e escolhidos, se seus dedos são grossos e suas unhas pouco polidas. Aquela que tem o hálito forte nunca deve falar em jejum, e deve se manter sempre à distância do homem a quem se dirige. Se seus dentes são negros, muito compridos ou mal-alinhados, será injusto rir.

Outros artifícios.

Quem diria? As mulheres, ao aprenderem a rir, já adquirem assim um charme a mais. Abra moderadamente a boca: que os cantos de sua boca fiquem pouco separados pelo riso e que as bordas dos lábios não deixem aparecer a altura dos dentes. Que o ventre não se canse com um riso constante, mas que esse riso soe ligeiro e digno de uma mulher! Há mulheres em quem os acessos de riso lhes torcem a boca de uma forma desagradável; há outras que, quando riem muito, parecem chorar. O riso de algumas tem um som rouco e desagradável; como o berro de uma velha jumenta que roda a mó do moinho.

Até onde pode ir a arte? As mulheres aprendem a chorar como deve ser; derramam lágrimas quando e como elas querem.

O que dizer daquelas que mudam a pronúncia normal de uma palavra e forçam sua língua a gaguejar? É nelas um charme como o defeito de articular mal algumas palavras: elas aprendem a falar assim.

Todos esses artifícios são úteis: chamar sua atenção. Aprenda a andar como deve uma mulher. Há também no andar um pouco da graça que não deve ser desprezada; ele atrai ou afugenta um homem que você não conhece. Uma, com um movimento estudado de quadril, faz sua saia flutuar ao sabor dos ventos e leva majestosamente o pé para frente. Esta outra, semelhante à mulher avermelhada de um úmbrio, anda afastando as pernas e dando passos enormes. Mas quanto a isto, como em muitas outras coisas, há uma medida a ser observada. Dessas atitudes, uma cheira a campo, a outra é tão pretensiosa que não lhe convém.

De qualquer forma, deixe descobertos, do lado esquerdo, a extremidade do ombro e a altura do braço. Isto fica bem principalmente numa pele branca como a neve: esta visão me dá vontade de cobrir de beijos o que vejo.

A voz.

As sereias eram monstros marinhos que, com voz melodiosa, paravam o curso das naus, mesmo as mais rápidas. O filho de Sísifo, ao ouvi-las, esteve a ponto de romper as cordas que o amarravam; enquanto seus companheiros tinham fechado os ouvidos com cera. É um sortilégio ter uma voz melodiosa: que as jovens aprendam a cantar (por falta de beleza, muitas mulheres usavam sua voz como meio de sedução) e que elas repitam tanto as árias ouvidas nos teatros de mármore como os cantos do Nilo com seu ritmo. As mulheres que seguirem meus conselhos não devem ignorar a arte de segurar o plectro com a mão direita e a cítara com a mão esquerda. Orfeu, o cantor do monte Ródope, soube emocionar com os sons de sua lira os rochedos, os animais ferozes, os lagos do Tártaro e o cão de três cabeças. Com seus cantos, justo vingador de sua mãe[22], as pedras vieram docilmente formar novas muralhas. Mesmo mudo, um peixe se comoveu com os cantos e com a música de sua lira, se for verdadeira a conhecida história de Arião. Aprenda também a percorrer levemente com suas mãos o náblio, esse instrumento alegre: ele se presta aos doces passatempos.

Conhecer as poesias elegíacas.

Conheçam as poesias de Calímaco, do poeta de Cos e do velho de Teos, amigo do vinho. Conheçam tam-

---

22. Anfião e seu irmão gêmeo Zeto vingaram sua mãe, Antíopa, dos ultrajes de Lico, seu tio paterno.

bém Safo (há algo mais voluptuoso que seus versos?) e o poeta que nos apresenta um pai enganado pelos artifícios do pérfido Geta. Vocês podem ler também os versos do terno Propércio, alguma coisa de Galo, ou suas obras, Tibulo, e a célebre tosa dos pelos de ouro, cantada por Varão, tosa tão fatal à sua irmã, Phrixus, e as viagens de Eneias fugitivo, a origem da soberba Roma, a obra-prima mais espetacular produzida pelo Lácio. Talvez meu nome também seja posto ao lado dos seus; talvez minhas obras não sejam engolidas pelas águas do Letes, e alguém dirá: "Se você é realmente uma mulher culta, leia estes versos em que nosso mestre ensina aos dois sexos, ou ainda nos três livros, em que ele faz invocação aos Amores, escolha qualquer poesia que você lerá com uma voz flexível e terna, ou então declame com arte uma de suas cartas: é de um gênero desconhecido antes e que foi criado por ele". Que essa seja sua vontade, Febo, e as suas, divindades sagradas que protegem os poetas, Baco potente deus cornudo[23], e vocês, grupo das nove Musas.

Praticar a dança e os jogos.

Eu quero, não duvidem, que uma mulher saiba dançar para que, se nós pedirmos, ela possa, ao sair de um festim, agitar os braços. As bailarinas fazem as delícias dos espectadores no teatro; quanto seus movimentos têm graça para nós! Tenho vergonha de dar conselhos de tão pouca importância: a mulher deve conhecer o valor dos jogos de ossinhos, e também o

---
23. Os cornos são um símbolo de força.

significado dos dados que lançamos; ela deve saber tanto lançar os três cubos, como decidir o que fazer e com habilidade saber o ponto em que é preciso parar e aquele em que é necessário pedir. Que ela se entregue com prudência e método aos jogos de xadrez: um peão contra dois inimigos sucumbe; o rei, em cheque, continua a combater sem a rainha, e, ciumento, muitas vezes é obrigado a voltar. Há um jogo, muito rápido, que separa por linhas finas tantas partidas quantos são os meses do ano. A mesa do jogo recebe de cada lado três peões, e a vitória é de quem os leva primeiro à outra extremidade.

Pratique mil jogos; é vergonhoso que uma mulher não saiba jogar; graças ao jogo, muitas vezes nasce o amor. Mas é de menor importância saber lançar bem: é muito mais importante ser senhor de si. Jogando, não nos resguardamos; a paixão revela nosso caráter e o jogo permite ver nossa alma a nu. Com isso passamos progressivamente da cólera, que enfeia, à paixão do ganho, às brigas, às batalhas, ao amargo ressentimento. Fazemos acusações; gritos sacodem o ar; cada um invoca os deuses e os associa à sua cólera. Não há mais confiança entre os jogadores. Quantas promessas não são feitas para ganhar! Vi muitos rostos molhados de lágrimas. Que Júpiter possa protegê-las de vícios tão aviltantes, mulheres que procuram agradar!

Não ocultar seus encantos.

Tais são, mulheres, os jogos que sua natureza delicada permite; um campo mais vasto se abre perante os homens. Eles têm a pela veloz, o dardo, o disco, as armas e as evoluções do picadeiro. O Campo de Marte não é recomendável a vocês, nem tampouco a onda pura gelada, e nem o rio da Toscana as leva em suas águas calmas. Em compensação, é permitido e útil passear à sombra do Pórtico de Pompeia, quando no céu os cavalos da Virgem têm a cabeça brilhante. Visitem no Palatino o templo de Febo coroado de louros – foi ele quem afundou no mar as naus de Paretônio – ou os monumentos erguidos à irmã e à mulher do imperador, e, junto com eles, seu genro, com a cabeça cingida com a coroa naval. Visitem os altares onde queima o incenso oferecido à bezerra de Mênfis. Visitem os três teatros, tão bons para serem vistos. Vejam a arena ainda marcada pelo sangue morno e a baliza que ao seu redor devem girar os carros com rodas brilhantes.

O que se esconde fica desconhecido; o que é desconhecido não desperta nenhuma paixão. Não tiramos nenhum partido de um lindo rosto, quando não há ninguém para apreciá-lo. Com cantos você poderia suplantar Tâmiras e Amebeu; se as notas de sua lira não forem ouvidas, não lhe trarão grande fama.

Se o pintor de Cos, Apeles, não tivesse exposto sua Vênus, ela estaria ainda mergulhada nas águas do mar. Qual é a única ambição dos poetas, esses cantores sagrados, senão a imortalidade? Este sonho é o fim último de nossos trabalhos. Outrora, os poetas eram caros aos deuses e aos reis; nos templos antigos, seus cantos eram cobertos de recompensas; seu nome estava ligado a uma majestade religiosa, a uma veneração, e muitas vezes lhes trazia abundantes riquezas.

Ênio, nascido nas montanhas da Calábria, foi julgado digno de ser enterrado ao seu lado, grande Scipião. Atualmente a hera rasteja sem prestígio; os trabalhos e as vésperas consagradas às doutas Musas recebem o nome de ociosidade. Apesar disso, nós gostamos de buscar a fama nas vésperas. Quem conheceria Homero, se a Ilíada, esta obra imortal, ficasse ignorada? Quem conheceria Dânae, sempre fechada em sua torre, se ela tivesse ficado ali ignorada até que se tornasse uma velha?

A multidão é útil, jovens beldades. Levem sempre seus passos errantes para fora de sua casa. É ao encontro de um rebanho de ovelhas que o lobo vai procurar uma presa; é na direção de um bando de pássaros que se atira voando o pássaro de Júpiter. Uma mulher bonita deve também se mostrar em público: entre ele encontrará talvez alguém para seduzir. Que em todos os lugares, ávida por agradar, ela passe algum tempo, e que se esforce com toda aplicação para fazer notar sua beleza. O acaso desempenha seu papel em todo lugar: jogue sempre o anzol na água em que você menos espera pegar um peixe, haverá um. Muitas vezes os cães percorrem inutilmente, em todos os sentidos, as montanhas arborizadas, e, sem lhe darmos caça, o cervo vem se atirar nas redes. A última coisa que Andrômeda poderia esperar, amarrada numa rocha, não era ver suas lágrimas seduzirem alguém? É às vezes nos funerais de um homem que encontramos um amigo. Andar com os cabelos soltos e deixar rolar suas lágrimas livremente fica bem numa mulher.

Evitem certas categorias de homens.

Mas evitem os homens que fazem exibição de sua elegância e de sua beleza e em quem cada fio de cabelo tem lugar determinado. O que lhes dizem, dizem a mil outras: seu amor vagabundo não se detém em parte alguma. O que pode fazer uma mulher contra um homem mais licencioso do que ela e que tem talvez mais amantes? Será difícil me acreditar, acreditem-me mesmo assim. Troia existiria ainda se tivesse escutado os conselhos de Príamo, seu rei. Entre esses homens, há uns que se insinuam com a enganadora aparência de um amor, e que, por esse caminho, só buscam um lucro vergonhoso. Não se deixem seduzir pelos cabelos brilhantes com essência de nardo, ou pela estreita correia do sapato meticulosamente colocada, nem se enganar pela toga do mais fino tecido ou pelos anéis que cobrem seus dedos. Talvez o mais elegante do bando seja um ladrão, e todo o amor que ele consome seja destinado às suas próprias roupas. "Devolva o que é meu", gritam às vezes as mulheres assim despojadas; "devolva o que é meu", diz o fórum todo fazendo eco. De seu templo, resplandecente de ouro, você vê essas discussões sem se emocionar, ó Vênus, você e as Apíades, suas vizinhas. Há ainda os sedutores com nomes notoriamente desacreditados: às mulheres que se deixam levar por eles não raro se estende a desagradável reputação de seu amante.

Aprendam com as desgraças de outrem a temer a sua: que sua porta nunca se abra a um subornador. Evitem, descendentes de Cécrope, crer nos juramentos de Teseu; aqueles que o fazem tomando o testemunho dos deuses, já o fizeram antes. E você, Demofoonte, herdeiro de Teseu e de sua perfídia, após ter enganado Fílis, você não pode mais inspirar confiança. Se seus amantes lhes fazem belas promessas, que suas palavras retribuam com as mesmas promessas: se eles lhes dão, deem-lhes por sua vez os favores combinados. Uma mulher é capaz de apagar os fogos eternos de Vesta, de roubar de seu templo, ó filha de Ínaco, os objetos sagrados, e de oferecer ao seu esposo o acônito misturado com a cicuta moída, se, após ter recebido seus presentes, ela lhe recusar as alegrias do amor.

As cartas de amor.

Mas eu quero apertar o cerco ainda mais; Musa, segure as rédeas, de medo que eles a levem e a derrubem. As palavras escritas sobre as tabuinhas de pinheiro virão sondar o ânimo; uma esperta criada receberá o bilhete; leia-o com atenção; os termos empregados bastarão para você saber se as promessas escritas não são sinceras ou se partem de um coração apaixonado. Espere um pouco antes de responder. A espera aguilhoa sempre o amor, se não durar muito tempo. Não se mostre muito fácil aos pedidos de um enamorado, mas não recuse duramente sua proposta. Faça de maneira que ele tema e espere ao mesmo tempo, e que, a cada resposta, sua esperança fique mais firme e seu temor menos forte. Os termos empregados pelas mulheres devem ser elegantes, mas de uso corrente e sem erudição: nada agrada mais do que o tom natural da conversação. Quantas vezes um amor hesitante encontrou numa carta um novo ardor! Quantas vezes uma linguagem inculta prejudicou a mais rara beleza!

Mas, já que vocês querem enganar os maridos, tenham uma criada ou escrava para entregar discretamente suas tabuinhas, e não confiem essa prova de amor a um jovem escravo novato. Sem dúvida, é pérfido conservar tais provas, mas possuímos uma arma tão poderosa quanto os raios do Etna. Vi jovens a quem uma indiscrição fazia empalidecer, e, que, desgraçadas, tinham que conservar eternamente seus escravos. Podemos, na minha opinião, combater velhacaria com velhacaria, e a lei permite afastar as armas pelas armas; que a mesma mão se habitue a variar sua letra de muitas maneiras (ah! morram aqueles que me obrigam a dar tais conselhos!), e não é prudente responder antes de ter raspado a cera, para que elas não conservem uma dupla escrita. Quando vocês escreverem a um amante, tenham sempre a aparência de dirigir-se a uma mulher; em seus bilhetes, digam "ela" onde deveria ser "ele".

A expressão do rosto.

Se destes pequenos detalhes me for permitido elevar o espírito para temas mais importantes, se for permitido navegar com velas abertas sobre um mar tempestuoso, é preciso, para não machucar o rosto, reprimir a violência das paixões. A calma da paz convém aos homens, o furor da cólera aos animais ferozes. Na cólera, o rosto incha, um fluxo de sangue escurece as veias, os olhos se iluminam com um clarão mais forte do que o fogo das Górgonas. "Fora daqui, flauta; não vale a pena guardá-la", disse Palas, vendo seu rosto na água. Vocês também, no meio de um acesso de cólera, se olharem para o espelho, será difícil a cada uma reconhecer seus traços. Não seria mal evitar um ar de arrogância que lhes seria pernicioso; é a doçura do olhar que deve provocar o amor. Acreditem em minha experiência; detestamos uma fisionomia muito áspera. Às vezes, sem falar, um rosto trai os germes do ódio. Olhe para quem a olha. A um sorriso insinuante, responda com um sorriso insinuante. Se lhe fizerem um sinal com a cabeça, faça por sua vez um sinal de compreensão. É assim que, após ter se exercitado com flechas sem fio, a Criança tira de sua aljava flechas agudas. Detestamos também a tristeza. Que Tecmessa seja amada por Ájax! Para nós, povo alegre, é uma mulher bem-humorada que nos seduz. Não, jamais, Adrômaca, jamais, Tecmesse, eu pediria a uma de vocês para ser minha amante. Tenho até dificuldade em crer que vocês tenham partilhado o leito de seus maridos, ainda que seus filhos me obriguem a isto. Como ela, uma mulher mergulhada na tristeza, disse a Ájax: "Ó minha vida", e outras palavras que, geralmente, são agradáveis aos homens?

Peça a cada um o que pode dar.

Quem nos proíbe de aplicar às artes frívolas exemplos tirados de uma arte mais importante e de pronunciar sem hesitar o nome do general? Um general hábil confia a um o cepo da vinha, a outro, os cavaleiros, a um terceiro, a guarda das bandeiras. Vocês também, examinem qual habilidade cada um de nós possui e designem a cada um a função que lhe convém. O homem rico dará presentes; o jurisconsulto ajudará com seus conselhos; o advogado irá muitas vezes defender a causa de sua cliente; nós que fazemos versos, nos limitaremos a enviá-los. Nosso grupo, mais do que tudo, sabe amar; nós fazemos ecoar ao longe o elogio da beleza que nos encantou. O nome de Nêmesis é célebre; o de Cíntia é célebre. A estrela da noite e as terras do oriente conhecem Licóride, e às vezes perguntam quem é Corina, que eu cantei. Acresce que os poetas, trupe sagrada, têm uma alma que desconhece a perfídia, e que somos modelados pela nossa arte. Não, nós não somos atormentados nem pela ambição nem pelo amor ao lucro; desprezando o fórum, nós só queremos um leito para repousar e a meia-luz. Mas nós nos ligamos facilmente, queimamos com um fogo longo e violento e sabemos amar com lealdade, muita lealdade. Sem dúvida, nosso caráter é suavizado por nossa arte tranquila, e nossa maneira de ser está de acordo com nossas ocupações. Aos poetas, discípulos das divindades da Beócia, sejam acolhedoras, ó belas; um sopro divino os anima, as Piéridas os protegem, um deus está em nós e nós fazemos comércio com o céu: são as moradas etéreas que nos enviam inspiração. Esperar riqueza dos doutos poetas é um crime; infelizmente! É um crime que nenhuma bela teria coragem de cometer. Ao menos, saibam dissimular e não mostrem no primeiro encontro sua avidez: vendo a armadilha, um novo amante recuará.

Não tratar da mesma maneira um novato e um homem mais experiente.

Mas um escudeiro usará um freio bem diferente com um cavalo que conhece a rédea há pouco tempo do que com um cavalo bem-treinado. Do mesmo modo, para seduzir um coração amadurecido pelos anos e um de verde juventude, vocês não devem seguir o mesmo caminho. Esse novato, que frequenta pela primeira vez o campo do amor, presa fresca, que você admitiu em seu quarto de dormir, só deve conhecer você, deve estar sempre ao seu lado: é uma colheita que deve ser protegida por altas paliçadas. Tema as rivais: você estará segura da vitória enquanto estiver sozinha com ele; como o poder dos reis, o de Vênus não suporta a partilha. O outro, velho soldado, amará insensível e sabiamente; ele resistirá bem a coisas que um recruta não suportaria. Não será ele que derrubará a porta, ou, terrível, levará a chama; não será ele que, com suas unhas, irá magoar a delicada face de sua amante; não será ele que rasgará sua túnica ou a túnica de uma mulher, e, para ele, um cabelo arrancado não será causa de lágrimas. Estes excessos são de um homem jovem, no calor da idade e do amor. O outro suportará com alma paciente as cruéis feridas. Os fogos que o queimarão serão lentos, infelizmente! Como acontece com a palha úmida, ou ao bosque que acaba de ser cortado sobre as montanhas. Mais seguro é este amor, o outro é curto e mais fecundo; os frutos que não duram, apressem-se em colhê-los.

Como agir para ser amada muito tempo.

Vou entregar tudo ao inimigo[24] (tanto que nós lhe abrimos as portas), e na minha pérfida traição, estarei com boa-fé. Favores concedidos facilmente não ajudarão a nutrir muito tempo o amor: a seus doces contentamentos, é preciso acrescentar algumas recusas. Deixe seu amante na porta; que ele a chame de porta cruel e que repita muitas vezes a prece e a ameaça. Não suportamos o que é insípido; uma bebida amarga desperta nosso apetite. Às vezes, um barco é virado e afundado por ventos favoráveis. Eis a razão que impede as mulheres legítimas de serem amadas; é que seus maridos as veem quando eles querem. Uma porta a mais e um porteiro para dizer "não entre", e você também, deixado para fora, será pego pelo amor!

Deixe de agora em diante as armas sem fio para pegar as bem afiadas. E eu não duvido ver se voltarem contra mim os dardos que eu ofereci. Quando ele cair nas suas redes, onde acaba de ser pego, e seu amante se gabar de ser o único a ser admitido em seu quarto de dormir, dê-lhe a impressão de que tem um rival e que seus favores íntimos são partilhados. Sem esses estratagemas, o amor envelhece. Quando o corcel generoso, uma vez abertas as porteiras, manifesta todo seu ardor? É quando ele tem rivais a vencer ou a enfrentar. Por mais extintos que estejam nossos fogos, o ciúme os reanima. Quanto a mim, confesso que para amar é preciso que me façam uma afronta. Mas não deixe muito clara a causa do seu tormento;

---

24. A mulher.

deixe-o inquietar-se e imaginar que há mais coisas que ele não saberá. Será um espinho para seu amor a sombria vigilância de um escravo hipotético e o ciúme importuno de um amante muito severo. Sem perigo, o prazer é também menos quente. Você é mais livre do que Taís? Finja ter medo. Seria mais fácil fazer passar seu amigo pela porta; todavia, faça-o passar pela janela, e que seu rosto exprima terror. Que uma criada astuta se precipite dizendo: "Estamos perdidos!". Você, esconda, não importa onde, seu jovem trêmulo. Mas, entre esses sustos, é preciso que ele prove às vezes com calma os prazeres de Vênus, para que suas noites não lhe pareçam compradas a preço muito alto.

Como iludir a vigilância.

Como podemos iludir a vigilância de um amante sutil ou de um guardião observador, irei lhe ensinar em segredo. Que a mulher casada tema seu marido; que a vigilância da mulher casada esteja bem assegurada; assim querem as conveniências, assim o exigem as leis, nosso chefe e o pudor. Mas que a submetam à mesma vigilância, você que o pretor acaba de tornar livre tocando-a com seu bastão, quem poderia admitir? Para aprender a enganar, entre para o meu culto.

Os vigilantes serão tão numerosos quanto os olhos de Argo[25], se você tem o firme propósito de se deixar vigiar. Como um vigia poderia impedi-la de escrever, quando você está sozinha em sua toalete; quando a carta, uma vez redigida, pode ser levada

---

25. O cão Argo com cem olhos, encarregado por Juno de vigiar Io.

por uma cúmplice, que a dissimulará sobre seu peito tépido, sob o espartilho; quando ela puder esconder o bilhete bem apertado contra a barriga da perna e levar a doce mensagem sob o pé bem calçado? Se o guarda desconfiar dessas astúcias, que sua cúmplice ofereça suas costas e leve as palavras escritas sobre a pele. Um modo seguro de enganar os olhos é escrever usando leite fresco; para ler os caracteres, basta salpicá-los com pó de carvão; também será enganador, o caractere que for traçado com a ajuda da seiva que sai de uma fina haste de linho: a tabuinha, que parecerá intacta, levará caracteres invisíveis. Acrísio vigiava ele próprio sua filha com atento cuidado: contudo, ela teve amores culpados que fizeram dele um avô. O que pode fazer o guarda de uma mulher quando há tantos teatros em Roma; quando ela assiste normalmente às corridas de carros; quando ela ouve assiduamente os sistros da bezerra de Faros; quando ela vai a lugares proibidos a seus guardas, pois a boa Deusa afasta de seu templo os olhares masculinos, com exceção daqueles que ela gosta de convidar; quando o vigia segura à porta as roupas da mulher, enquanto os banhos escondem furtivos folguedos; quando, todas as vezes que for necessário, uma amiga se diz doente, e, apesar de doente, cede seu leito; quando a chave falsa, por seu próprio nome (adultera), indica o que vamos fazer; quando, para penetrar na casa de uma bela, nós temos outras vias além da porta? Para enganar a vigilância de um guarda, podemos ainda empregar o licor de Lieu, colhido nas colinas da Espanha. Há também bebidas que provocam um profundo sono, fecham os olhos, contra a vontade, e fazem cair sobre eles a noite de Lete. Um feliz estratagema, também, é fazer com que uma cúmplice ocupe seu odioso guardião com prazeres que paralisem a vigilância e se entregue a ele para segurá-lo por bastante tempo. Mas por que todas essas voltas, todos esses pequenos preceitos, quando o menor presente é suficiente para corromper o guarda? Os presentes, creiam-me, seduzem os homens e os deuses: o próprio Júpiter se deixa dobrar pelas oferendas. Assim como o homem inteligente, o imbecil gosta de receber presentes, e ele também, quando o tiver recebido, ficará mudo. Mas basta pagar uma só vez o guarda por muito tempo; quando você o ajudar uma vez, ele a ajudará sempre.

Desconfiar das amigas.

Eu lamentei, lembro-me, ser preciso desconfiar dos amigos: esse pesar não se refere somente aos homens. Se você é muito confiante, outras mulheres provarão em seu lugar os prazeres do amor, e a lebre que você trouxe será pega por outras. Mesmo esta amiga que, devotada, empresta seu leito e seu quarto, pode me acreditar, ela se entregou a mim mais de uma vez. Não empregue nunca uma criada muito bonita: várias vezes ela tomou junto a mim o lugar da patroa.

Deixar seus amantes acreditarem que são amados.

Onde me deixei levar, insensato que sou? Por que ir ao encontro do inimigo com o peito aberto? Por que me denunciar? O pássaro não ensina ao passarinheiro os meios de prendê-lo; a corça não ensina a correr os cães que se lançam contra ela. Que importa meu interesse? Prosseguirei lealmente em minha empreitada e darei às mulheres de Lemnos[26] as armas para me matar. Façam de conta (e é fácil) e nós nos sentiremos amados: a paixão se convence facilmente do que ela deseja. A mulher só precisa lançar sobre seu amigo um olhar mais amoroso, suspirar profundamente, perguntar por que ele vem tão tarde. Acrescente lágrimas, a cólera de um fingido ciúme, e arranhe-lhe o rosto com suas unhas. Ele ficará logo persuadido; será o primeiro a se comover; ele dirá: "Ela me ama loucamente", principalmente se ele for elegante e se admirar no espelho, se acreditará capaz de alcançar o coração de uma deusa. Mas, em todo caso, não se deixe aborrecer demais por uma ofensa, e não perca a cabeça ao saber que tem uma rival!

Não acreditar muito depressa na existência de uma rival. Céfalo e Prócris.

Não acredite nisso muito prontamente! Que perigos numa credulidade muito rápida! Prócris lhes deu um exemplo como prova.

Junto às colinas risonhas do Himeto coberto de flores, há uma fonte sagrada; um macio gramado verde cobre o solo. As árvores pouco altas formam aí um bosque; o arbusto ali abriga a erva; o alecrim, o louro, a mirta escura perfuma o ar; encontramos

---

26. Para as mulheres em geral. Elas tinham, uma noite, degolado todos os homens, sem poupar seus maridos.

também em abundância o buxo de folhagem espessa, o frágil tamaris, o humilde cítiso e o pinho doméstico. Aos doces sopros dos zéfiros e de uma brisa salutar, todas essas folhagens e o cume das ervas estremecem ligeiramente.

Céfalo amava o repouso: deixando criados e cães, o jovem fatigado vinha às vezes sentar-se nesse lugar. "Para acalmar meus fogos, tinha ele o costume de cantar, vem sobre meu peito, brisa inconstante." Alguém escutou essas palavras, as guardou, e com um zelo imprudente as fez chegar aos ouvidos de sua temerosa esposa. Quando Prócris ouviu o nome desta "Brisa", que ela tomou por uma rival, desmaiou, ficou subitamente muda de dor. Empalideceu como empalidecem as folhas tardias que, após a colheita das uvas da vinha, foram pegas pelos primeiros frios, ou como as maçãs da Cidônia já maduras, que obrigam os galhos a dobrar sob seu peso, ou como os cornisolos, quando ainda não estão suficientemente bons para comer. Quando recobra os sentidos, ela rasga suas leves vestes sobre o peito, e com as unhas machuca suas faces, que não merecem esse tratamento. De repente, os cabelos espalhados, louca de raiva, ela corre pelos caminhos, como excitada pelo tirso de Baco. Chegando perto, ela deixa suas companheiras no vale; se dissimulando, abafando o barulho de seus passos, penetra corajosamente no bosque. Qual era o seu plano, Prócris, ao se esconder com tanta imprudência? Que ardor inflamava seu coração desnorteado? Você pensava sem dúvida que esta Brisa, esta Brisa desconhecida, iria vir, e que seus olhos seriam testemunhas do adultério. Ora você se arrepende de ter vindo, pois não queria surpreendê-los, ora você se felicita por isso: seu amor não sabe como se decidir e agita seu coração em todos os sentidos. Para desculpar sua credulidade, há o lugar, o nome, o delator e esta tendência do espírito em crer sempre no que ele receia.

Quando ela viu os traços de um corpo sobre a erva pisada, seu seio se levanta perdido, seu coração bate. Já o dia, chegada a hora do meio-dia, tinha diminuído as sombras; o levante e o poente do sol estavam igualmente afastados. Eis que volta pela floresta Céfalo, descendente do deus de Cilene; ele refresca seu rosto ardente com a água da fonte. Ansiosa, Prócris, você continua escondida: ele se estende sobre a erva costumeira e diz: "Doces Zéfiros, e você, brisa, venham". A infeliz Prócris reconhece com alegria o erro causado por um equívoco, ela retoma seus sentidos e seu rosto, sua cor natural. Levanta-se; a mulher quer se enlaçar nos braços de seu esposo, e, com esse movimento, ela agita a folhagem que lhe barra o caminho. Céfalo acredita ter visto uma caça; com a vivacidade de um jovem, ele pega seu arco; a seta já está em sua mão direita. Que faz você, infeliz? Não é um animal, guarde sua flecha. A seta traspassou sua mulher. "Infeliz!", grita ela, "você atravessou um coração que lhe ama. Esta parte de mim está para sempre ferida por Céfalo. Morro antes da minha hora, mas nunca conheci a afronta de uma rival. Assim você será mais leve para mim, terra, quando eu for posta em seu seio. Já esta brisa com o nome que causou meu erro, leva meu sopro. Expiro. Oh! Feche meus olhos com sua mão querida." Ele, abatido pela dor, segura nos braços o corpo agonizante daquela que possui seu coração; suas lágrimas molham a cruel ferida. Mas está feito, e o fôlego da imprudente, saindo aos poucos de seu peito, é recolhido pela boca de seu infortunado marido.

Maneira de se comportar nos festins.

Mas voltemos ao nosso tema: preciso não me desviar para que minha barca fatigada chegue ao porto. Você espera impaciente que eu a conduza nos festins, e deseja meu conselho sobre esse particular. Chegue tarde e que sua beleza só faça sua aparição à luz das lamparinas: a espera aumentará seu valor; não há melhor intermediário do que a espera. Mesmo feia, você parecerá bela aos olhos turvos pelo vinho, e a noite bastará para cobrir com um véu suas imperfeições. Segure as iguarias com a ponta dos dedos (nada tão importante como a graça ao comer); não lambuze todo seu rosto com mãos sujas. Não coma em sua casa antes de vir jantar, mas [à mesa] pare antes de estar saciada, e fique um pouco aquém de seu apetite. Se o filho de Príamo visse Helena devorar gulosamente, diria: "Que estúpida conquista fiz!". Beber é mais indicado e fica melhor nas mulheres: o filho de Vênus e Baco se entendem bem. É preciso ainda que sua cabeça possa resistir, que sua inteligência e seu andar não fiquem atrapalhados, que seus olhos não vejam em dobro. Que espetáculo vergonhoso uma mulher estendida no chão, bêbada de vinho! Ela merece que o primeiro que apareça a leve. Ela também não pode, à mesa, se entregar ao sono sem correr riscos: o sono permite geralmente coisas que ofendem o pudor.

No leito.

Fico acanhado com os ensinamentos que me restam dar, mas a boa Dioneia me diz: "Do que temos vergonha é justamente nossa obrigação". Que cada mulher se conheça bem; de acordo com seu físico, escolha esta ou aquela posição; a mesma postura não serve para todas. A mulher que é particularmente bonita deitará sobre as costas. É de bruços que deverão se mostrar aquelas que estão satisfeitas com suas costas. Lucina deixou rugas em seu ventre? Faça você também como o parta que combate voltando as costas. Melanião levava sobre os ombros as pernas de Atalante; se as suas são belas, é preciso mostrá-las da mesma forma. A mulher pequena ficará na posição do cavaleiro; como era muito alta, jamais a tebana, esposa de Heitor, montou sobre seu marido como sobre um cavalo. Ficará de joelhos sobre o leito, a cabeça um pouco curvada para trás, a mulher que deve ser admirada em todo o contorno lateral. Se suas coxas têm o encanto da juventude e seu peito também não tem imperfeição, o homem ficará em pé, e você estendida sobre o leito perpendicularmente. Não tenha vergonha de soltar sua cabeleira, como as Bacantes, e virar a cabeça, deixando balançar seus cabelos. Há mil maneiras de provar os prazeres de Vênus; a mais simples e menos fatigante é ficar semideitada sobre o lado direito.

Mas nem os tripés de Febo, nem Amon com cabeça de touro serão para você oráculos mais seguros do que minha Musa; se algo merecer confiança, sigam os conselhos deste tratado, fruto de uma longa experiência; nossos versos não enganarão sua confiança. Que a mulher sinta o prazer de Vênus se abater até o mais fundo de seu ser, e que o gozo seja igual para seu amante e para ela! Que as promessas de amor e os doces murmúrios não se interrompam nunca, e que palavras lascivas caibam entre suas contendas. Mesmo você, a quem a natureza recusou as sensações de amoroso prazer, finja, com inflexões mentirosas, apreciar os doces júbilos. Como é preciso lamentar a mulher em quem este órgão, que deve trazer fruição tanto à mulher quanto ao homem, permanece insensível! Mas que este fingimento não seja descoberto! Que seus movimentos e a própria expressão de seus olhos consigam nos enganar! Que a volúpia, que as palavras, que a respiração ofegante deem essa ilusão! Enrubesço ao prosseguir: este órgão tem seus meios de expressão secretos. Após essas alegrias de Vênus, pedir a seu amante um presente é querer que as preces não tenham nenhum peso. Esquecia-me: não deixe a luz penetrar por todas as janelas no quarto de dormir; muitas partes do seu corpo são favorecidas não sendo vistas à luz do dia.

Conclusão.

Meu folguedo chega ao fim: é hora de descer do carro sob o jugo do qual os cisnes deixaram seu colo.[27] Como outrora os homens, que agora as mulheres, minhas alunas, escrevam sobre seus troféus: "Ovídio foi nosso mestre".

---

27. Vênus é muitas vezes representada em poesia sobre um carro atrelado a cisnes: Ovídio, poeta erótico, é suspeito de ter tomado lugar ao lado da deusa.

Os remédios para o amor

Prefácio:
1º Objetivo do poeta

O Amor, ao ler o título e o nome deste pequeno livro, disse: "É a guerra, estou vendo, a guerra que estão preparando contra mim". Pare, Cupido, de condenar seu poeta como um criminoso, eu que, tantas vezes, sob o seu comando, carreguei o estandarte que você me confiou. Eu não sou o filho de Tideu, que feriu sua mãe, a quem os cavalos de Marte conduziram às fluidas moradas etéreas. Frequentemente outros homens esmorecem; eu sempre amei, e se você me perguntar o que faço ainda neste momento, eu amo. Nem você, criança meiga, nem nossa arte foi traída por nós, e uma nova Musa não tomou a direção contrária à da minha última obra. Se um amante arde por um objeto que lhe agrada amar e que o retribui, que aproveite sua felicidade e entregue seu barco aos ventos favoráveis. Mas se houver quem, por infelicidade, suporte a dominação de uma amante indigna de seu amor, para se salvar, procure a ajuda de minha arte. Por que razão, amarrando uma corda no pescoço, este amante, fardo doloroso, se pendurou numa viga elevada? Por que este outro, com um ferro cruel, furou o seu peito? Amigo da paz, você traz o hediondo assassinato. Aquele que morrerá, se não renunciar ao amor degradante, será obrigado a renunciar a ele, e você não será a causa de nenhuma morte.

Você é uma criança, e somente as brincadeiras lhe incumbem. Brinque. À sua idade convém um poder sem crueldade. Deixe seu avô combater com o gládio e com a lança pontiaguda, e, sangrando, sair vencedor depois de uma abundante carnificina. Você, cultive as artes de sua mãe, que praticamos sem correr nenhum perigo, e que jamais uma mãe seja privada cruelmente de seu filho. Que, durante uma briga noturna, uma porta seja quebrada, e que muitas coroas cubram os combatentes e os enfeitem, eis o seu papel. Graças a você, que os jovens e as tímidas moças se encontrem furtivamente, e que, por causa de uma pequena briga, enganem um amante desconfiado; conduza um apaixonado a dizer tanto palavras doces como injúrias a uma porta inflexível, e, quando repelido, a cantar em tom lastimoso. Contente-se com essas lágrimas, e não o repreenderão por uma só morte. Não, sua tocha não merece levar o fogo às fogueiras fúnebres.

Tais foram as minhas palavras. O Amor dourado agitou suas asas brilhantes e me disse: "Leve a bom termo a nova obra que você quer escrever".

2º Ovídio convida os jovens e as jovens a ouvir suas lições.

Venham às minhas aulas, jovens enganados, que no amor só encontraram decepções. Aquele que os ensinou a amar os ensinará como se curar. A mesma mão lhes trará a ferida e o remédio. A terra produz ao mesmo tempo plantas saudáveis e plantas nocivas, e muitas vezes a urtiga está ao lado da rosa. A ferida que ela causou no filho de Hércules, seu inimigo, a lança de madeira do Pélion cicatrizará. Mas tudo o que eu digo aos homens se aplica também a vocês, moças, ouçam bem. Eu distribuo as armas para os campos opostos. E se isto não lhes convier, o exemplo pode no entanto servir de precioso ensinamento.

A meta a que me proponho é apagar uma chama cruel e libertar os corações de uma vergonhosa escravidão. Fílis teria vencido, se ouvisse minhas lições, e, o caminho que percorreu nove vezes[28], ela o teria percorrido mais. Agonizante, Dido não teria visto, no alto da fortaleza, as naus dos dárdanos soltando suas velas ao vento. O ressentimento não teria dado armas a uma mãe que, contra o fruto de suas entranhas, se vingou de um marido derramando o sangue comum. Graças à minha arte, Tereu, por mais apaixonado que estivesse por Filomela, não teria merecido, por um crime, ser transformado em pássaro.[29] Confiem-me Parsífae; ela deixará bem depressa de amar um touro. Confiem-me Fedra; Fedra verá fugir seu amor culpável. Tragam-me Páris! Helena ficará com Menelau, e Pérgamo, vencido, não cairá nas mãos dos dânaos. Cila, filha desnaturada, tivesse ela lido nosso pequeno

---

28. Para ver se Demofoonte tinha voltado.

29. Para se vingar de Tereu, que tinha seduzido Filomela, sua cunhada, Procne, sua mulher e Filomela, mataram seu filho Ítis e o fizeram comer o corpo dele. Quando ele percebeu o que tinha acontecido, matou as duas mulheres. Elas foram, como ele, transformadas em pássaro.

livro, o cabelo de púrpura, Niso, teria ficado sobre sua cabeça.[30] Tomando-me por guia, mortais, reprimam sombrias preocupações, e que, guiada por mim, sua barca navegue sempre reta com seus passageiros. Nasão devia ser sua leitura, quando vocês aprenderam a amar; é ainda Nasão que, agora, deverá ser sua leitura. Para todos eu reivindico a liberdade, e quero libertar os corações submetidos à escravidão; que cada qual colabore para a sua libertação.

3º Invocação a Febo.

Para iniciar, eu imploro. Que seu louro me inspire, Febo, você que inventou a poesia e os socorros da medicina. Assista tanto o poeta como o médico; as duas artes estão sob sua proteção tutelar.

Desenvolvimento do tema:
A . Antes de mais nada, cortar o mal pela raiz.

Enquanto for possível, e quando são leves os movimentos que agitam seu coração, se sentir algum desgosto, detenha seus passos logo na entrada. Mate os germes malignos no nascedouro, e que, desde a partida, seu cavalo se recuse a avançar. Pois o tempo tudo fortalece; o tempo amadurece a uva tenra e transforma em espinhos robustos o que antes era verde. A árvore que espalha ao longe sua sombra sobre os caminhantes, quando foi plantada, era uma varinha. Estava então à

---

30. Niso tinha um cabelo ruivo, ao qual estava ligada a saúde da cidade. Por amor ao chefe dos inimigos, Cila, filha de Niso, cortou seu cabelo.

flor da terra e a mão podia arrancá-la; agora que ela tomou forças, se eleva sobre suas raízes, que brotam em todos os sentidos. Qual é o objeto de seu amor? Eis o que seu espírito deve examinar com rapidez; se o jugo deve machucá-lo, retire seu pescoço. Combata o mal desde o início; será muito tarde para remediá-lo, quando um grande espaço de tempo o fortaleceu. Mas apresse-se e não adie sua decisão toda hora. Quem não está pronto hoje, amanhã estará menos. O amor nos engana sempre, e o tempo lhe fornece os alimentos; para a libertação, o melhor dia é o mais próximo. Raros são os rios em que se veem fontes abundantes; a maioria é engrossada pelas águas que recebem. Se você pudesse pressentir a gravidade da falta que ia cometer, Mirra[31], você não teria coberto seu rosto com casca. Eu vi feridas que no começo eram fáceis de curar, e que, com a demora do tratamento, cobraram caro esta negligência. Mas, como gostamos de colher os frutos de Vênus, dizemos sempre: amanhã ainda dará tempo. Entretanto, silenciosa, a chama sobe ao nosso coração, e, maligna, a árvore enterra suas raízes mais profundamente.

B. Se já é tarde para cortar o mal pela raiz, espere, antes de agir, o momento favorável.

Todavia, se você deixou passar o momento favorável para aplicar os primeiros remédios, e, já antigo, o amor se estabeleceu em seu coração, que dele se apossou, mais difícil é a tarefa; mas, por ter sido

---

31. Mirra se apaixonou por seu pai, que quis matá-la. Ela fugiu e se transformou, por metamorfose, na árvore que tem o seu nome.

chamado muito tarde para atender ao doente, eu não devo abandoná-lo. A parte atingida, o herói filho de Peante, não deveria ter hesitado em cortar com a mão. Contudo, dizem, ele sarou após muitos anos e terminou as guerras. Antes, tratava-se de um mal principiante e eu tinha pressa em expulsá-lo; agora, chamado tarde, eu lhe presto socorros de ação lenta. Procure, se puder, apagar o incêndio quando ele acaba de começar ou quando ele sucumbe à sua própria violência. Quando um louco tem um acesso, deixe passar o acesso de loucura: é difícil se aproximar diretamente de tudo que é impetuoso. Insensato é o nadador que, podendo atravessar um rio desviando obliquamente, luta contra a corrente! Um espírito impaciente e ainda rebelde aos auxílios da arte, repele e esbraveja contra a voz que o aconselha. Eu me aproximarei com mais oportunidade de sucesso quando ele deixar tocar suas feridas e estiver disposto a escutar a linguagem da razão. Como poderíamos, sem ter perdido o discernimento, impedir uma mãe de chorar nos funerais de seu filho? Não é o momento de fazê-la raciocinar. Quando, após verter as lágrimas, ela tenha consolado seu coração aflito, as palavras poderão aliviar sua dor. Ocasião propícia eis quase toda a medicina; tomado na ocasião propícia, o vinho é salutar; tomado na ocasião desfavorável, é nocivo. Com maior razão, inflamamos o mal, o irritamos ao combatê-lo, quando não o atacamos na ocasião propícia.

C. Logo que os remédios possam ser aplicados: 1º Procurar uma vida ativa.

Logo que você estiver pronto para aproveitar os remédios da nossa arte, fuja da ociosidade; este será meu primeiro conselho. Ela gera o amor; após tê-lo gerado, ela o alimenta; ela é a causa e o alimento deste agradável mal. Elimine a ociosidade; dela é feito o arco de Cupido; a tocha do deus jaz na terra, desprezada, extinta. Tanto quanto o plátano ama o vinho, o álamo a água, a planta aquática um lugar lodoso, Vênus ama a ociosidade. Você que deseja ver findar seu amor, o amor foge da atividade; leve uma vida ativa e ficará tranquilo. A indolência, o sono excessivo que ninguém consegue interromper, o jogo, as libações abundantes que esvaziam a cabeça, sem ferir a alma, lhe retiram toda a sua energia. Se não tomarmos cuidado, o Amor desliza insidiosamente. Esta criança é companheira constante da preguiça; detesta a atividade; seu espírito está vazio; dê-lhe um trabalho que a ocupe completamente.

2º Encontrar uma ocupação em Roma.

Há os tribunais; há as leis; há os amigos para defender. Frequente em Roma os que vestem a toga pacífica que traz a glória, ou então entre na carreira, tão conveniente à juventude, do cruel Marte. O amor logo fugirá. Eis que o parta fujão, nova ocasião para um grande triunfo, vê nas planícies as armas de César. Triunfe ao mesmo tempo das flechas de Cupido e das flechas dos partas, e entregue um duplo troféu aos deuses da pátria. Desde que Vênus foi ferida pela lança etoliana, ela entregou a seu amante a condução de guerra. Vocês querem saber por que Egisto seduziu uma mulher casada. A razão é bem simples: ele estava ocioso. Os outros sustentavam contra Troia uma longa guerra; a Grécia havia mandado suas forças para lá. Se ele não quisesse consagrar sua atividade à guerra, não havia nada para fazer; no fórum, Argos não conhecia nenhum processo. Não querendo ficar parado, ele fez a única coisa possível; ele amou. Foi assim que nasceu esta criança, foi assim que ela ficou.

3º Se dedicar à agricultura.

O campo e o cultivo da terra ocupam agradavelmente o espírito; qualquer preocupação é esquecida. Force o touro domado a colocar seu pescoço sob a canga, para que a relha do arado recurvo sulque um solo duro; esconda na terra revolvida as sementes dadas por Ceres, para que o campo lhe dê grandes lucros. Veja esses ramos curvados sob o peso dos frutos; a árvore quase não consegue segurar o fardo que produziu. Veja esses riachos que correm com um doce murmúrio; veja essas ovelhas que tosam a erva abundante. Lá as cabras escalam as encostas e os rochedos escarpados; logo elas trarão aos cabritos suas tetas cheias. O pastor acompanha seu canto com sua flauta de hastes desiguais, e naturalmente ele tem seus companheiros, os cães, tropa vigilante. Lá embaixo, as florestas profundas ressoam os mugidos e uma mãe se queixa que seu bezerro se afastou dela. E os enxames fogem da fumaça que, entrando nas colmeias, permite retirar e carregar os raios de luz que se dobram sob o peso do mel. O outono oferece seus frutos; o verão se enfeita com suas colheitas; a primavera oferece suas flores; o fogo ameniza os rigores do inverno. Na época certa, o camponês colhe a uva madura, e, sob seus pés nus, faz jorrar o vinho novo; na época certa, ele amarra as ervas cortadas, e, com um ancinho de dentes separados, varre a terra tosquiada. Você mesmo pode enfeitar com plantas seu jardim bem-regado; você mesmo pode desviar para lá os riachos de água calma. Começa a estação dos enxertos: procure fazer com que um galho seja adotado por outro e faça brotar uma árvore coberta por uma folhagem que não é a sua. Quando esse prazer começar a seduzir o espírito, o Amor, doravante sem poder, foge com asas enfraquecidas.

4º Caçar ou pescar.

Você pode ainda se entregar ao prazer da caça: muitas vezes Vênus bateu em retirada, vergonhosamente vencida pela irmã de Febo. Você perseguirá a lebre que sabe atrair um cão com odor sutil ou estenderá suas redes sobre os cumes arborizados. Assuste de mil maneiras diferentes o cervo medroso, ou que o javali caia atravessado, de frente, por sua lança. Fatigado, à noite, você dormirá em vez de pensar numa mulher, e um pesado descanso se abaterá sobre seus membros. É uma ocupação menos ativa, mas assim mesmo uma ocupação: procurar prender pássaros numa rede ou com caniços, recompensa bem magra, ou então esconder entre pequenos pedaços de comida um arame curvo que, para sua desgraça, o peixe voraz engolirá com avidez. É através desses meios e de outros, até que você tenha desaprendido de amar, que você deve se enganar sem perceber.

5º De uma maneira geral, é bom deixar o lugar onde se encontra o objeto amado.

Só quando mais fortes sejam as cadeias que o retém, vá para longe e percorra longos caminhos. Você chorará; a seus lábios virá o nome da amiga que você deixa, e às vezes seu pé se deterá no meio do caminho. Mas quanto menos você tiver vontade de partir, mais você deve pensar em partir. Persista e force seus pés a correr, apesar de não quererem. E não deseje que chova; não se deixe parar pelo sabá, prática de estrangeiros, ou por Ália, que se tornou famosa em razão de um desastre. Não pergunte quantas milhas você percorreu, mas quantas faltam a percorrer, e não invente pretextos para ficar na vizinhança. Não conte os dias e não retorne sempre em direção à Roma, mas fuja; até hoje, o que protege o parta contra seus inimigos é a fuga.

Meus conselhos, dirão talvez, são cruéis; eu admito que são cruéis; mas para se conduzir bem, você suportará mil coisas dolorosas. Muitas vezes, sem vontade, bebi sucos amargos, quando estava doente; eu pedia comida e me recusavam. Para salvar seu corpo, você suportará o ferro e o fogo; tendo sede, não refrescará com água sua boca ressecada. Para recuperar a saúde da sua alma, você não quer suportar nada? Contudo, esta parte é mais preciosa do que o corpo. Assim também, na minha arte, o mais difícil é transpor o umbral; a única dificuldade é atravessar os primeiros tempos. Veja, para os touros, a canga que pesa sobre eles só os queima no início, e quando ela é nova para eles, a sela machuca os cavalos rápidos.

Talvez deixar o lar paterno o faça sofrer, entretanto, você o deixará; depois você quererá voltar para lá, e não é o lar paterno que o chamará, mas, disfarçando sua falta com palavras magníficas, o amor de sua amiga. Quando uma vez deixado, mil consolos para o seu sofrimento serão encontrados no campo, nos companheiros e na extensão do caminho. E não creia que seja suficiente afastar-se. Que sua ausência seja longa, até que a cinza perca suas forças e não contenha mais fogo. Se você voltar muito depressa, antes que sua alma esteja bem fortalecida, o Amor, rebelde, voltará contra você suas armas cruéis. Qualquer que seja a duração de sua ausência, você voltará ardente, cheio de desejos e o tempo que durou sua viagem terá escoado a favor de seu mal.

Por outro lado, a magia é absolutamente inútil.

Que outros acreditem que as plantas nocivas da Hemônia e as artes da magia possam ter alguma utilidade. Este método maléfico é proibido: Apolo, nosso deus, nos versos sagrados que inspira, só oferece socorros inofensivos. No meu caminho, as sombras não serão obrigadas a deixar seu túmulo; uma velha não abrirá a terra através de infames encantamentos; as colheitas não serão transplantadas de um campo para o outro; o globo de Febo não empalidecerá subitamente; como de costume, é para o mar que o deus Tibre levará suas águas; como de costume os corcéis brancos da Lua a puxarão.

Jamais os encantamentos banirão as inquietações de seu coração, e o amor não fugirá vencido pelo enxofre.

De que lhe serviram as plantas do Fase, princesa da Cólquida, quando você queria ficar na morada de seu pai? Que utilidade tiveram para você, Circe, as ervas que Perse lhe trouxe quando o vento favorável levou os navios de Neritos? Você usou todos os artifícios para impedir a partida de seu hóspede astuto; e ele empreendeu, com as velas abertas, uma fuga que nada poderia impedir. Você fez tudo para impedir que um fogo cruel a devorasse; durante muito tempo e contra a sua vontade, o amor reinou em seu coração. Mudar os homens de mil maneiras, você podia; você não podia mudar as leis que regem sua alma. Dizem até que, no momento em que ele ia embora, você tentou, com essas palavras, reter o rei de Dulíquio: "Não, eu não lhe peço o que no começo, eu me lembro, me satisfazia ter esperança que você quisesse ser meu esposo; entretanto, eu parecia ser digna de ser sua esposa, eu, deusa, filha do poderoso Sol. Não precipite sua partida; esta é a minha súplica; é um prazo que eu lhe imploro, como favor. Minhas promessas podem desejar menos? Olhe para essas ondas agitadas e tenha receio; mais tarde, o vento estará mais favorável a suas velas. Que motivo você tem para fugir? Não há uma nova Troia a ser ressuscitada; não há nenhum Reso chamando seus companheiros à luta. Aqui reina o amor, a paz, e só eu estou ferida por minhas mágoas; toda esta terra será obediente a seu comando.". Enquanto ela falava, Ulisses desatracava o seu barco; suas palavras ficaram sem efeito; os Notos, ao mesmo tempo que as velas, as levaram. Circe queima de paixão e recorre a seus artifícios normais, mas eles não acalmam seu amor. Portanto, você que pede à minha arte um auxílio que você precisa, não tenha confiança nos sortilégios e nos encantamentos.

D. Se for obrigado a ficar em Roma, diferentes remédios podem agir: 1º Pensar continuamente nos defeitos de sua amiga.

Se você tem um poderoso motivo para ficar na cidade amante do mundo, ouça meus conselhos sobre a conduta que você deve observar na cidade. A melhor maneira de recuperar a liberdade é romper as cadeias que ferem o coração e a boa vontade para pôr fim ao seu tormento. Àquele que tiver essa coragem, eu admirarei e até mesmo direi: "Não há necessidade de meus conselhos". É a você que eu vejo desaprender a amar o objeto amado com dificuldade, a você que não pode e desejaria poder, é para você que se destinam minhas lições. Lembre-se com frequência dos atos de sua culpável amiga e encare de frente todo o mal que ela lhe fez. Ela tem tais e tais objetos, e, não contente de me despojar, ela me forçou, por sua avidez, a colocar um cartaz[32] diante da minha casa. Eis o juramento que ela me fez, e, tendo feito, o violou. Quantas vezes ela me deixou deitado na frente da sua porta! Ela agrada os outros e faz pouco do meu amor! Infeliz! Um corretor[33] possui as noites que ela não me concede. Que essas traições façam azedar todos os seus sentimentos para com ela; lembre-se, procure aí os germes da raiva. E agradeça aos

---

32. Ou seja, me fez colocar minha casa à venda.
33. Homem da mais baixa condição.

céus que sobre esse tema você possa ser eloquente. Sofra apenas e você saberá falar bem sem querer.

Meus pensamentos, ultimamente, estavam voltados para uma mulher; ela não correspondia aos meus sentimentos. Podalírio doente, eu me tratava com meus próprios remédios, e, confesso, como doente eu era um péssimo médico. O que me consolou, foi ter perante meus olhos os defeitos da minha amiga; eu os desprezo com frequência e me sinto bem. "Como são feias, eu me dizia, as pernas da minha amiga!", e, para dizer a verdade, elas não eram. "Como são malfeitos os braços da minha amiga!", e, para dizer a verdade, eles eram bem-feitos. "Como ela é baixinha!" e ela não era. "Quantos presentes ela pede a seu amante!" Este foi o principal motivo da minha aversão por ela.

Além disso, o mal é vizinho do bem; nos enganamos e fazemos às vezes acusações contra uma virtude como faríamos contra um vício. O quanto puder, examine sob um ponto de vista desfavorável as qualidades de sua amante, e graças ao estreito limite que as separa dos defeitos, engane seu julgamento. Chame-a de balofa se ela é gorducha, e de negra, se ela é morena. A uma esbelta, podemos censurar a magreza; podemos tratar de sem-vergonha aquela que é pudica e de pudica a que é honesta.

E mais, se sua amiga é desprovida de alguns talentos, empregue palavras carinhosas para pedir que ela os mostre. Insista para que ela cante, se ela não tem voz; leve-a para dançar, se ela não sabe movimentar a mão.[34] Ela é inculta na linguagem: faça-a conversar lon-

---

34. Na dança, o gesto, para os romanos, era o ponto importante, e não os movimentos dos pés.

gamente com você. Ela não aprendeu a tocar as cordas de uma lira: ofereça-lhe uma. Seu andar é um pouco duro; convide-a para andar. Seus seios lhe cobrem todo o busto; que nenhum espartilho esconda esse defeito. Se ela tem dentes defeituosos, conte-lhe uma história que a faça rir. Ela tem os olhos frágeis? Diga-lhe alguma coisa que provoque suas lágrimas.

Será interessante também, pela manhã, antes que ela tenha se enfeitado, ir inesperadamente com passos rápidos até a casa de sua amante. O adereço nos seduz, as pedrarias e o ouro encobrem tudo; a própria mulher é a menor parte do que vemos dela. Entre todos esses ornamentos, muitas vezes você tem dificuldade para encontrar quem você deve amar. Com esta riqueza, como uma égide, o Amor engana nossos olhos. Chegue sem avisar. Sua amiga está sem as suas armas; você a surpreenderá sem riscos e os defeitos da infeliz a farão descer do seu pedestal. Entretanto, confiar muito nesta prescrição não é seguro, pois muitos homens são atraídos por uma beleza sem artifícios. Você pode ainda – fuja do pudor! – vir contemplar o rosto de sua amante no instante em que ela o untar com poções manipuladas: você verá caixas de mil cores diversas e o unguento que escorre sobre os seus seios tépidos. Essas drogas têm o cheiro das iguarias que você servia, Fineu[35]; muitas vezes elas me causaram náusea.

---

35. Reizinho da Trácia, que cegou seus filhos, instigado pela sogra. Para puni-lo, os deuses o privaram da vista e da possibilidade de comer, pois, cada vez que ele se sentava à mesa, as harpias vinham sujar suas iguarias.

2º Conduta a ser seguida nas relações íntimas; a esse propósito, digressão em que Ovídio se defende das críticas que reprovam a liberdade de suas descrições.

Agora vou dizer-lhe como é preciso agir durante o próprio ato de Vênus: para pôr o Amor em fuga, devemos atacá-lo de todos os lados. Há, a esse respeito, muitas coisas que me fariam corar ao dizê-las; mas sua imaginação suprirá o meu silêncio. Recentemente, de fato, meus livros foram criticados; de acordo com meus censores, minha musa é licenciosa. Contanto que eu agrade assim, contanto que eu seja cantado em todo o universo, um ou dois críticos podem muito bem atacar a obra que eles quiserem. O gênio do grande Homero é rebaixado pela inveja; quem quer que você seja, Zoilo, a ela você deve sua reputação. Seus cantos foram também rasgados por uma boca sacrílega, você que trouxe até aqui Troia e seus deuses vencidos. É o ápice que provoca a inveja; são os lugares mais altos que são varridos pelo vento, é nos cumes que cai o raio lançado pela mão de Júpiter.

Mas você, quem quer que seja, que fere nossa liberdade, se tiver bom-senso, submeta cada gênero às regras que lhe são próprias. As guerras e seus grandes feitos querem ser contados com o metro meoniano; que lugar podem aí ocupar as coisas do amor? Nobre deve ser o tom da tragédia; ao coturno trágico cabe o furor; o borzequim não deve se afastar da vida cotidiana. O iambo, que pode contar tudo, deve ser desembainhado contra os inimigos, com seu passo rápido, ou quando claudica, no último pé. Que a meiga elegia cante os

Amores armados com uma aljava, e que uma amiga inconstante[36] brinque com eles seguindo seu capricho. Não é com o ritmo de Calímaco que se deve cantar Aquiles; sua voz, Homero, não é feita para Cídipe. Quem suportaria Taís[37] representando o papel de Andrômaca? É errado mostrar Taís como Andrômaca. É Taís que canta minha Arte; minha diversão tem toda licença; eu não tenho nada a fazer com as faixas; é Taís que canta minha Arte. Se minha musa está à altura de meu tema, os namoricos, a mim a vitória: a acusação não se sustenta.

Morra de despeito, mordaz inveja, famoso já é o meu nome; e o será mais ainda, por menos que eu continue no mesmo passo. Mas você está muito apressado. Deixe-me viver e terá muitos motivos para sofrer: meu espírito guarda inúmeros poemas. Pois o desejo de glória me é caro e cresceu em mim com as honras que ela me traz. Nosso cavalo toma fôlego para a subida, e a elegia confessa que me deve tanto quanto a Virgílio a nobre epopeia. Satisfatória resposta à inveja; segure com mais firmeza as rédeas, poeta, e corra dentro do círculo que você mesmo traçou.

Portanto, quando sua amante pedir para partilhar seu leito e quiser provar seu vigor, e quando a noite prometida estiver próxima, para evitar que você se deixe levar pelo prazer que lhe dará sua amiga, se suas forças estiverem intactas, eu gostaria que você tivesse antes relações com uma outra mulher qualquer. Procure uma mulher qualquer com quem você tenha a primeira

---

36. Uma cortesã.
37. Exemplo de cortesã.

volúpia: a volúpia que virá em seguida será lânguida. Enrubesço ao dizer isto, mas eu direi. Outro conselho: para fazer amor com sua amiga, fique na posição que você achar menos favorável. Isto não é difícil: raras são as mulheres que não disfarçam a verdade, e não há nada, de acordo com elas, que as inferiorize. Então, eu o aconselho a abrir todas as janelas, e, com a luz do dia, reparar em todas as imperfeições de sua forma. Depois, quando você tiver atingido o auge da voluptuosidade, e que a lassidão abata ao mesmo tempo o corpo e o espírito, quando surgir a repulsa, que você queira não ter nunca tocado numa mulher, e que você pense que durante muito tempo não deverá tocar em nenhuma, é o momento de anotar no seu espírito cada defeito do corpo de sua amiga e de fixar sempre os olhos nessas imperfeições.

Objeção levantada (esses meios são realmente eficazes?) e resposta.

Talvez alguém diga que são remédios fracos e eles o são realmente. Mas aqueles, que, isolados, não têm poder, reunidos são eficazes. Pequena é a víbora; sua mordida mata um enorme touro. Um cão de tamanho médio às vezes pega um javali parado. Ataque portanto somente com energia, e de meus preceitos faça um bloco; sua quantidade formará uma massa imponente.

Mas como os caracteres são tão variados como a aparência dos corpos, é necessário não submetê-los cegamente a julgamento. Um ato que, talvez, não choque em nada o seu sentimento, será crime no julgamento de outro. Fulano viu descobertas algumas partes que devem ser escondidas; isto foi suficiente para que o amor se detivesse no meio do seu caminho; o mesmo aconteceu a outro, porque no momento em que, após o ato de Vênus, sua amiga se levantou, ele viu manchas repugnantes sobre o leito sujo. Para eles o amor é apenas um jogo, que se pode mudar com tais pretextos; chamas bem fracas foram sopradas em seu coração. Mas que a criança[38] estique mais fortemente seu arco, feridos, vocês vêm em bando pedir remédios mais enérgicos. Preciso citar o amante que, sorrateiramente, se escondeu quando sua amiga satisfazia suas necessidades, e viu o que normalmente é proibido ver? Os deuses me poupem de dar tais conselhos! Eles podem ser úteis, mas não devem ser postos em prática.

3º Não se contentar com um amor.

Eu os aconselho também a terem ao mesmo tempo duas amantes; ficamos mais fortes contra o amor se pudermos tê-lo mais vezes. Quando o coração se divide e corre de uma amiga para outra, o amor por uma enfraquece o amor pela outra. Os maiores rios diminuem quando suas águas se dividem entre vários riachos, e, quando tiramos a lenha, a chama, sem alimento, se apaga. Uma só âncora não basta para prender os navios calafetados com piche; e, na água transparente, um só anzol não basta. Aquele, com muitos cuidados, arrumou um duplo consolo[39]; este, depois de muito tempo, se instalou como vencedor no alto da fortaleza. Mas você, já que, para sua infelicidade, só arranjou uma

---

38. O Amor assim representado.
39. Abandonado por uma, a outra o consola.

amante, agora, pelo menos, é preciso procurar um novo amor. Minos, amando Prócris, deixou de queimar por Pasífae; esta, vencida pela esposa do Ida, teve que ceder o seu lugar.

Se o irmão de Anfíloco deixou de amar a filha de Fegeu, é porque ele admitiu Calírroe em seu leito. Enone teria deixado Páris acorrentado até o fim dos séculos, se não fosse suplantada pela rival ebália. A beleza de sua mulher teria encantado o tirano odrísio; porém mais bela era sua cunhada que ele mantinha prisioneira.

Por que me demorar com esses exemplos, cujo número me cansa? Não há amor que não ceda lugar a um outro amor que o substitui. Uma mãe que tem vários filhos suporta com mais coragem a morte de um deles do que aquela que exclama chorando: "Eu só tinha você!". E não vá pensar que eu traço novas regras (quisessem os deuses que eu tivesse a glória de inventá-las!). O filho de Atreu viu (e o que não poderia ver, ele que foi o chefe da Grécia inteira?). A filha de Crises tinha sido presa pelas armas dele; o vencedor a amava, mas o velho pai dela ia estupidamente chorar em todo o acampamento. Por que essas lágrimas, velho odioso? Eles se entendem bem. Insensato, querendo ajudar sua filha, você a desagrada. Calcante, poderoso com o apoio de Aquiles, tinha ordenado que a devolvessem, e ela voltou para a casa de seu pai. Mas então: "Há, disse o filho de Atreu, uma beleza quase igual à Criseide, e que tem o mesmo nome, exceto a primeira sílaba. Que Aquiles, se for sábio, a entregue para mim espontaneamente; de outro modo, ele sentirá o meu poder. Se algum de vocês, aqueus, reprovar minha conduta, saberá o que é um cetro erguido com mão vigorosa. Pois se sou rei e nenhuma mulher dorme ao meu lado, prefiro que Tersitas reine em meu lugar". Disse e obteve aquela que pediu; ela o consolou, e, expulso por um novo amor, o primeiro foi esquecido.

Então, a exemplo de Agamenon, entregue-se a novas chamas, para que seu amor se divida como uma encruzilhada. Você pergunta onde encontrará. Leia o meu tratado e logo sua barca estará cheia de jovens beldades.

4º *Fingir frieza.*

Se meus preceitos têm algum valor, se, através da minha voz, Apolo dá aos mortais instruções úteis, quando, infortunado, você queimar como se estivesse dentro do Etna, faça parecer à sua amiga que você está mais frio do que o gelo. Finja que está curado, para que, se acaso você estiver sofrendo, ela não perceba, e ria, quando quiser chorar. Eu não lhe imponho a romper bruscamente sua ligação; não, as ordens do meu poder não são tão severas. Dissimule o que não sente e aja como se sua paixão estivesse calma, assim você conseguirá fazer realmente o que for capaz. Muitas vezes, para não beber, eu fingi dormir; fingindo, abandonei meus olhos vencidos ao sono. Ri ao ver ser apanhado um homem que fingia amar, passarinheiro que foi preso em seus próprios laços. O amor penetra nos corações com o hábito; é com o hábito que o desaprendemos. Poder fingir a cura é estar curado.

Ela lhe pede para ir; vá na noite prometida. Você foi e a porta estava fechada; não fique sentido. Não diga à porta nem palavras doces nem insultos, e não se deite sobre a soleira dura. No dia seguinte, nenhuma queixa em suas palavras, e que seu rosto não mostre nenhum sinal de sofrimento. Ela deporá bem depressa o desprezo, quando sentir sua frieza; eis aí mais um serviço que você fica devendo à minha arte.

Mas também procure se distrair e não fixe uma data para deixar de amar; às vezes, o cavalo escoiceia contra os freios. Não pense no resultado de sua conduta; o que você não anunciar acontecerá. Quando as redes são muito visíveis, o pássaro as evita. E para impedir que sua amiga fique muito presunçosa e o despreze, tenha uma firmeza que a faça curvar-se. Sua porta, por acaso, está aberta: mesmo que o chamem, siga em frente. O convidam para um encontro em tal noite, hesite em aceitar o convite. Encontramos facilmente o sofrimento, quando, com um pouco de sabedoria, podemos rapidamente atingir a felicidade.

5º Se não puder vencer o amor, procurar o seu fim na saciedade.

Quem poderá achar meus preceitos severos? Vou até fazer o papel de um proxeneta. Já que os caracteres variam ao infinito, variemos nossos meios: para mil tipos de doenças, mil tipos de remédios. Há corpos em que o ferro afiado não consegue curar completamente; muitos encontraram auxílio no suco das plantas. Você é muito fraco; não consegue se afastar, seus grilhões o seguram e o cruel Amor mantém o pé sobre sua garganta. Pare de lutar; os ventos soprando nas velas conduzirão seu barco; que seu remo siga a onda que o leva. É preciso acalmar esta sede que o queima e faz sofrer. Estou de acordo. Quero que de agora em diante você beba no meio do rio. Mas beba até mesmo além do que seu estômago pedir; até que sua garganta esteja cheia e até que a água seja regurgitada. Desfrute de sua amiga sem parar, sem obstáculo; que ela preencha suas noites e seus dias. Procure a saciedade. A saciedade é também uma forma de cura. Mesmo quando você acreditar que pode ficar sem sua amiga, fique até que você esteja bem saciado, até que a fartura carregue o amor, que você esteja enjoado da casa e não queira mais ficar ali.

6º *Evitar o ciúme.*

O amor também dura quando a dúvida o alimenta. Se você quer expulsá-lo, expulse o medo. Àquele que vive se perguntando, com terror, se sua amante continuará sendo fiel, ou que teme que um rival a leve embora, será difícil curá-lo com os cuidados de Macáon. Dos seus dois filhos, uma mãe geralmente ama mais aquele que a preocupa, porque anda armado.

7º *Para esquecer, pensar nos tormentos que experimentou.*

Há, perto da porta Colina, um templo venerável que deve seu nome ao monte Érice. Lá reina o Amor leto, que cura os corações e derrama água gelada sobre suas chamas. Lá, para pedir o esquecimento, vão os jovens, assim como as jovens apaixonadas por um homem insensível. Esse deus (era realmente Cupido, ou um sonho, eu me pergunto; mas acho que era um sonho) me disse assim: "Você, que ora traz e ora leva os tormentos do amor, aos seus preceitos, Nasão, acrescente este: que cada um se recorde dos seus tormentos; ele deixará de amar. A todos a divindade concedeu muito ou pouco. Aquele que teme o Puteal[40], Jano[41] e as Calendas[42] que chegam tão depressa, que se atormente pensando no dinheiro emprestado. Quem tem um pai severo, mesmo que tudo lhe sorria, deve ter sempre diante de seus olhos a severidade desse pai. Este outro, pobre, é casado com uma mulher cujo dote era pequeno: que ele culpe a mulher pelo rigor de sua sorte. Você tem, no campo fértil, uma vinha pródiga em vinho generoso; tema que a uva seja queimada[43] logo que brotar. Este outro tem um navio que está voltando: que ele pense continuamente na pouca segurança das ondas e nas margens eriçadas de recifes que o ameaçam. Que este aqui se preocupe com seu filho soldado, e você, com sua filha casadoira. E quem não tem mil problemas? Para odiar, Páris, aquela a quem você amava, você teve que imaginar a morte de seus irmãos.". Ele falava ainda; sua imagem infantil desapareceu de meu agradável sonho, se era mesmo um sonho. O que fazer? Palinuro abandona seu navio no meio das ondas; eu sou obrigado a seguir caminhos que não conheço.

---

40. Lugar atingido pelo raio, em torno do qual foi erguido um parapeito de pedra. O pretor ficava não longe dali.

41. Trata-se de um arco do triunfo em homenagem a Jano, e não longe do qual ficavam os cambistas e homens de negócio.

42. Era no 1º dia do mês que se pagavam as dívidas.

43. Pela geada.

8º *Fugir da solidão. O exemplo de Fílis.*

Vocês que amam, a solidão é perigosa para vocês; evitem a solidão. Para onde você foge? Entre a multidão você estará mais seguro. Não há necessidade de se retirar (o isolamento agrava os furores do amor); a sociedade lhe trará algum conforto. Você ficará triste, se estiver só e diante dos seus olhos aparecer a imagem de sua amante abandonada; será como se ela mesma estivesse ali. Eis porque a noite é mais triste do que o tempo em que Febo[44] está presente; para distraí-lo dos sofrimentos, você não tem um grupo de amigos. Não fuja das conversas; não feche sua porta e não esconda nas sombras seu rosto cheio de lágrimas. Tenha sempre um Pílades que se ocupe de Orestes; aqui ainda, praticando a amizade, encontramos um recurso que não é desprezível.

O que causou a desgraça de Fílis, senão o isolamento nas florestas? A causa de sua morte é indiscutível; ela não tinha companhia. Ela andava, os cabelos ondulantes, como é costume dos bárbaros, que, a cada três anos, celebram o culto de Baco edônio; enquanto ela passeava seu olhar sobre o mar imenso, o mais longe possível; logo, fatigada, ela se deitou sobre a areia da praia. "Pérfido Demofoonte", ela gritava às ondas insensíveis, e suas palavras eram entrecortadas por soluços. Havia ali uma estreita vereda, onde sombras espessas formavam uma suave obscuridade. Muitas vezes ela a seguia quando se dirigia para o mar. Pela nona vez, a infeliz a percorria.

---

44. O sol.

"É sua a culpa", ela disse, e, pálida, olhou para o seu cinto e também para as árvores. Ela hesita, recua, diante do que ela quer ousar; ela receia e leva os dedos ao pescoço. Filha de Sitão, eu desejaria que então pelo menos você não estivesse sozinha; a floresta não teria chorado Fílis se despojando de sua folhagem. Que o exemplo de Fílis o faça temer um isolamento tão grande, homem ofendido por sua amiga, mulher ofendida por seu amante.

9º Evitar a companhia de casais enamorados.

Um jovem tinha seguido todos os conselhos da minha Musa; ele chegava ao porto; estava salvo. Teve uma recaída quando se viu entre amantes apaixonados, e o Amor retomou as flechas, que tinha guardado na aljava. Se você ama e quer parar de amar, procure evitar o contágio: até nos rebanhos ele é prejudicial. Os olhos, contemplando as feridas dos outros, ficam também machucados, e muitas doenças passam de um corpo para outro. Num terreno árido, a terra queimada pelo sol, se infiltra muitas vezes a água do rio que corre por perto. O amor se infiltra sem que o vejamos, se não nos afastarmos de outros apaixonados, e, quanto a isto, nós todos somos hábeis para nos enganar.

10º Evitar tudo que pode reacender o amor.

Um outro já estava curado; um encontro o perdeu; ele não pôde suportar a visão de sua amante quando a encontrou. Mal fechada, a cicatriz de sua antiga ferida reabriu e minha arte perdeu o efeito. Não somos capazes de nos defender de um incêndio que queima a casa ao lado; é aconselhável fugir da vizinhança de sua antiga amiga. O pórtico, onde ela tem o costume de passear, não passeie por lá, e não faça as mesmas visitas de cortesia que ela. Por que, com essas lembranças, aquecer um coração que esfriou? Seria preciso, se possível, habitar num outro mundo. Dificilmente, diante de uma mesa farta, você controlará seu apetite; uma sede ardente é aguçada pela água que jorra. Dificilmente você conterá um touro quando ele vê a bezerra; o garanhão vigoroso relincha ao ver uma jumenta.

Quando, seguindo meus conselhos, enfim você chegar à praia, não é suficiente para você ter abandonado sua amante: diga também adeus à irmã, à mãe, à ama, à confidente e a todos que a rodeiam. Não receba nenhum escravo dela; que uma criada, vertendo lágrimas fingidas, e com tom suplicante, não venha saudá-lo em nome de sua amante. E se você quiser assim mesmo saber notícias dela, não pergunte; tenha coragem até o fim; você lucrará em não perguntar.

11º Não se queixe.

Você também que explica por que seu amor acabou, e que enumera vários motivos de queixa contra sua amante, pare de se lamentar: você se vingará melhor ficando em silêncio, até que você pare de lastimá-la. E eu preferia vê-lo calado do que dizendo que parou de amar: quando dizemos a todo mundo: "Eu não amo", amamos.

12º Sem nenhum rancor.

Mas é mais seguro apagar a chama aos poucos do que de repente; cesse lentamente de amar e não terá recaídas a temer. Uma torrente é normalmente mais profunda do que um rio constante; a primeira tem água durante pouco tempo, o último sempre. Que o amor saia sutilmente; que se evapore no ar; que ele morra docemente e devagar. Mas é um crime odiar a mulher que acariciamos na véspera; essa solução é própria para as almas ferozes. Não mais se dedicar a ela basta; aquele em quem o amor termina em ódio, ou ainda ama, ou terá dificuldade para deixar de sofrer.

É vergonhoso ver um homem e uma mulher, ontem unidos, se tornarem bruscamente inimigos. Ápia não aprova esse procedimento. Muitas vezes uma amante é acusada e assim mesmo é amada: quando não há inimizade, o amor, livre de qualquer constrangimento, se afasta prontamente. Um dia presenciei um jovem perante a justiça; sua amiga estava numa liteira; ele soltava ameaças terríveis. Ele queria intimá-la. "Que ela saia da sua liteira", disse. Ela saiu. Vendo sua amante, ele ficou mudo. Os braços caíram; o papel timbrado também caiu de suas mãos; ele se jogou nos braços dela e exclamou: "Você ganhou". É mais seguro e mais decente se separar em paz do que passar, de um leito, às chicanas dos processos. Os presentes que você deu, deixe-os sem contestar; geralmente, um pequeno sacrifício nos traz um ganho maior.

13º Desconfiar dos encontros.

Se o acaso levar os dois ao mesmo lugar, pense em todas as armas que nós lhe demos e tenha-as à mão. Agora você precisa de armas; é hora de mostrar toda a sua coragem: Pentesileia deve cair sob seus golpes. Pense em seu rival, pense na porta inflexível que seu amor fechou; pense nos juramentos falsos que os deuses testemunharam. E não arrume seus cabelos para estar diante dela, e não se mostre com uma toga admirável com pregas muito amplas.[45] Não se preocupe nada em agradar a uma pessoa que de agora em diante é uma estranha para você; esforce-se para ver nela uma mulher qualquer.

14º Saber praticar a arte da ruptura.

Porém, qual é o principal obstáculo ao sucesso de nossos esforços? Eu vou lhe dizer; mas cada um deve consultar sua própria experiência. Nós rompemos muito tarde porque esperamos ser amados; nossa vaidade faz de nós uma trupe de crédulos. Mas você não acredite na garantia nem das palavras (há algo mais enganoso?) nem dos deuses imortais, e evite ser pego pelas lágrimas femininas: as mulheres ensinaram seus olhos a chorar. Inúmeros estratagemas atacam o coração de um amante, semelhante a um cascalho que rola levado pelas ondas do mar. Não exponha as razões que o fizeram preferir uma separação e não fale do seu sofrimento; é em segredo que você deve suportá-lo até o fim. Não a lembre dos erros, para que ela não os justifique; seria

---

45. Sinal de riqueza.

dar-lhe a oportunidade para mostrar que a causa dela é melhor do que a sua. Aquele que se cala é firme em seus propósitos; aquele que cumula sua amante com acusações, pede para vê-la se defender.

Não será por isso, que, como o rei de Dulíquio, eu deva ousar mergulhar num rio as flechas que enlouquecem e as tochas ardentes; não seremos nós que cortaremos as asas brilhantes da criança, e não será minha arte que afrouxará seu arco sagrado. É a prudência que inspira meus cantos; escutem-nos, e você, Febo curandeiro, continue a amparar minha missão. Febo a ampara: eu ouvi sua lira, eu vi suas flechas; eu reconheci o deus com seus símbolos; Febo me ampara.

15º Compare sua amiga às mulheres mais belas.

Compare à púrpura de Tiro uma lã tingida nas tinas de Amiclas; ela lhe parecerá a mais grosseira. Você também, compare sua amiga às belas mulheres; todos começarão a ter vergonha de sua amante. Duas deusas puderam parecer belas a Páris; mas, quando elas foram comparadas a Vênus, esta o arrebatou. Não compare apenas a aparência; compare também o caráter e os talentos; mas que seu julgamento não seja influenciado pelo amor.

16º Evitar o que possa trazer a lembrança.

Pouco importantes são os conselhos que meu verso vai dar agora; mas, apesar de sua pouca importância, eles foram úteis para muitos, em primeiro lugar para mim. Evite reler as cartas de amor de sua amante que você guardou; almas firmes ficam abaladas quando releem tais cartas. Jogue tudo impiedosamente no fogo, por mais que isto lhe custe, e diga: "Que esta seja a fogueira que amortalhará o meu amor!". A filha de Téstio, queimou seu filho numa fogueira, embora estivesse longe dela, e você, hesita em atirar às chamas palavras pérfidas!

Se puder, afaste também os retratos. Por que se consumir diante de uma imagem muda? Foi assim que morreu Laodâmia.

Os lugares também são às vezes perigosos. Fuja dos lugares que foram palco de suas uniões; eles serão para você motivo de sofrimento. "Ela esteve aqui; ela deitou aqui. Nós dormimos neste leito. Foi aqui, numa noite de amor, que ela me concedeu seus favores." Essas lembranças despertam o amor; a ferida avivada se reabre; aos enfermos a menor imprudência é perigosa. Assim também, se de uma cinza quase apagada, você aproximar o sopro, ela renasce, e de um fogo muito fraco nascerá um muito forte; do mesmo modo, se você não evitar tudo o que desperta o amor, você verá de novo brilhar a chama que, há alguns instantes, não existia mais. Os navios gregos teriam desejado passar longe do cabo Cafareu[46], e de você, velhaco, que com seus fogos[47] quis vingar uma morte; o marinheiro prudente se alegrou de ter ultrapassado a filha de Niso. Você, fique longe dos lugares que lhe foram muito en-

---

46. Promontório de Ebeia, onde a frota grega, voltando de Troia, naufragou.

47. Náuplio, pai de Palamedes, que os gregos tinham injustamente condenado à morte, arrumou fogos para que parecesse um porto.

cantadores; que eles sejam para você as Sirtes; evite esses rochedos Acroceráunios; é a cruel Caribdes vomitando a água que bebeu.

17º Evitar espetáculos e leituras.

Há remédios que não podem ser impostos, mas que, quase sempre, tomados por acaso, são úteis. Que Fedra perca suas riquezas; você poupará, Netuno, seu neto, e o touro enviado por um avô não espantará os cavalos. Por que nenhum homem seduziu Hécale, nenhuma mulher, Iro? Sem dúvida porque este era indigente, a outra, pobre. A pobreza não tem do que alimentar o amor; não é aliás uma razão para que você deseje ser pobre.

Mas há razões para você não frequentar o teatro, antes que o amor, completamente banido de seu coração, o tenha deixado vazio. O coração é amolecido pelas cítaras, pelas flautas, pela lira, pelo canto, pelos braços com movimentos harmoniosamente cadenciados. Vemos ali dançar sem parar amantes fictícios. Com que arte um ator ensina a seu público a voluptuosidade!

Digo a contragosto: não toquem nos poetas eróticos. Eu mesmo, desnaturado, proscrevo meu próprio talento. Fuja de Calímaco; ele não é inimigo do Amor.

Como Calímaco, você é perigoso, poeta de Cos. Quanto a mim ao menos, Safo me tornou mais terno para minha amiga, e a Musa de Teos nunca ensinou costumes severos. Quem pode ter lido sem perigo os poemas de Tibulo, ou os seus, ó você a quem Cíntia inspirou toda a obra? Quem poderá manter um coração insensível após ter lido Galo? Meus cantos também têm um pouco os mesmos sons.

18º Não imaginar que tem um rival.

Se Apolo, que me serve de guia neste trabalho, não me engana, um rival é a principal causa de nossos tormentos. Portanto, você, não vá pensar que tenha um e acredite que sua amiga deite sozinha em seu leito. Se Orestes sentiu por Hermíone um amor mais forte, é porque ela tinha pertencido antes a um outro homem. Porque se lamentar, Menelau? Você ia para Creta sem sua mulher e podia deixar tranquilamente aquela que você tinha esposado; mas Páris a rapta e eis que você não pode ficar sem a sua mulher: o amor de um outro aumentou o seu. Também, quando Briseide foi levada, Aquiles chorou porque ela levou suas voluptuosidades ao filho de Plístenes. E ele tinha razões para chorar, acreditem: o filho de Atreu fez o que não podia deixar de fazer, exceto devido a uma humilhante impotência. Eu, ao menos, teria feito o mesmo, e não sou mais prudente que ele. Muito importantes foram as consequências deste ciúme. Pois se Agamenon jurou pelo seu cetro não ter tocado em Briseide, é porque ele não considerava seu cetro divino.

Queiram os deuses que você possa passar na frente da porta da amante que você abandonou sem que seus pés traiam sua intenção. E você poderá; tenha somente a constância de querer; é então que será preciso avançar corajosamente, então será preciso fincar a espora nos flancos do corcel rápido. Imagine que se trata do antro dos lotófagos, das sereias; aos remos acrescente as velas.

Este mesmo homem, cuja rivalidade o fez sofrer tanto, eu desejaria que você deixasse de considerá-lo um inimigo. Pelo menos, mesmo que a raiva persista, saúde-o; quando você puder, enfim, abraçá-lo, estará curado.

19º Escolher seus alimentos.

Para cumprir todos os deveres de um médico, irei indicar as iguarias que devem ser evitadas e as que devem ser procuradas. A cebola, quer seja dáunia, quer seja trazida das margens da Líbia ou venha de Megare, é sempre maléfica para você. Também, é melhor evitar as erugas, este afrodisíaco e tudo o que leve nossos sentidos aos prazeres do amor. Melhor fazer uso da arruda, que melhora a visão, e, em geral, de tudo o que afasta nossos sentidos dos prazeres do amor. Você me pede conselhos acerca dos dons de Baco: com menos palavras do que você esperava, meus conselhos vão satisfazê-lo. O vinho predispõe nossa alma para o amor, se não o tomarmos demais, e que nossos sentidos, afogados por abundantes libações, não fiquem entorpecidos. O vento alimenta o fogo, o vento o apaga; ligeira, uma brisa alimenta a chama; muito forte, ela a sufoca. Mas nenhuma embriaguez, ou uma embriaguez tal que leve todas as inquietações amorosas; um estado intermediário é perigoso.

Conclusão.

Eis minha obra terminada; enfeitem com guirlandas meu navio cansado. Chegamos ao porto onde eu queria atracar. Mais tarde, ao poeta sagrado rendam as ações de graças que lhe são devidas, mulheres e homens curados por meus versos.

Os produtos de beleza para o rosto da mulher

Aprendam, belas jovens, os cuidados que embelezam o rosto e os meios de proteger sua beleza. A cultura forçou a terra árida a produzir os dons de Ceres para retribuí-la pelos seus cuidados; os espinhos agudos desapareceram. A cultura age também sobre os frutos; ela corrige o gosto amargo e a árvore fendida recebe com o enxerto recursos adotivos. Tudo o que é decorado agrada; os altos tetos são folheados de dourado; a terra escura desaparece sob um revestimento de mármore; a lã recebe várias tinturas nas caldeiras de Tiro; a Índia, para os refinamentos de nosso luxo, fornece o marfim, cortado em pedaços. Talvez, há muito tempo, sob o rei Tácio, as sabinas tivessem preferido cultivar os campos paternos do que sua beleza. Era a época em que a grande matrona, com face corada, sentada sobre uma cadeira alta, tecia sem parar, com seus dedos, seu penoso trabalho; ela própria fechava no curral os carneiros que sua filha apascentava; ela própria alimentava o fogo com gravetos e lenha cortada. Mas suas mães geraram filhas delicadas; vocês querem que seu corpo seja envolto por roupas bordadas a ouro; vocês querem perfumar seus cabelos e mudar seu penteado; vocês querem que admiremos suas mãos com anéis de pedras preciosas; vocês enfeitam seu pescoço com diamantes vindos do oriente tão pesados que, para a orelha, dois é um verdadeiro fardo. Mas não é necessário se zangar: vocês devem ter a preocupação de agradar, pois em nossa época os homens são vistos com seus adornos. Seus maridos criam gostos femininos e é difícil para uma esposa pegar alguma coisa luxuosa para si...

Mulheres que vivem escondidas no campo, se penteiam cuidadosamente; se elas ficassem escondidas atrás das escarpas de Atos, as colinas de Atos as veriam bem enfeitadas. Para agradar a si próprias é necessário uma certa vaidade; as jovens se preocupam e se alegram com a sua beleza. Quando elogiamos sua plumagem, o pássaro de Juno a desdobra, e, silencioso, se orgulha de sua beleza.

Para provocar o nosso amor, é este o meio preferível às plantas milagrosas, que os temíveis mágicos cortam com suas mãos experientes. Não confiem nos ingênuos nem nos filtros complicados, e não experimentem o líquido nocivo da égua no cio. As serpentes não são separadas em duas através dos encantamentos dos marsos, e eles não fazem a água voltar para a fonte de onde ela veio. Poderemos inclusive parar de bater no bronze de Témesa; a lua não descerá de seu carro.

Que sua primeira preocupação, jovens, seja a de zelar pelo seu caráter: as qualidades da alma se somam aos atrativos do rosto. O amor baseado no caráter é durável; a beleza será devastada pela idade e rugas sulcarão seu rosto sedutor. Virá um tempo em que vocês deplorarão sua imagem no espelho e esse desgosto lhes trará novas rugas. A virtude basta, dura toda a vida, tão longa ela seja, e alimenta o amor enquanto ela própria sobrevive.

...Então, quando o sono tiver relaxado seus membros delicados, como fazer brilhar a brancura de sua pele? Peguem a cevada que os cultivadores líbios enviam através do mar. Retirem sua palha e suas cascas. Acrescentem igual quantidade de órobo diluído em dez ovos; que o peso dessa cevada descascada seja igual a duas libras. Quando essa mistura tiver secado ao vento, coloquem-na numa mó de pedra rugosa, para ser pulverizada por uma égua lenta. Triturem também o chifre vivo do cervo que é morto no começo do ano; acrescentando um sexto de libra dessa mistura. Em seguida, quando tudo misturado formar uma farinha bem fina, passem imediatamente numa peneira bem fina. Acrescentem doze bulbos de narciso descascados, amassados com mão vigorosa num pilão de mármore bem limpo, mais duas onças de goma com farinha de trigo da Toscana, e nove vezes a mesma quantidade de mel. Toda mulher que untar seu rosto com esse cosmético ficará com a pele mais brilhante, mais lisa do que seu espelho.

Faça também torrar claros tremoços e ao mesmo tempo cozinhe favas, esses grãos duros; de uns e de outros coloque igualmente seis libras; que ambos sejam esmagados em mós negras. Não deixem de acrescentar o alvaiade, a espuma do nitro vermelho e o íris da Ilíria. Que tudo seja trabalhado por braços jovens e vigorosos, e que os ingredientes assim moídos não pesem mais do que uma onça.

A aplicação de produtos tirados do ninho de aves chorosas faz desaparecer as manchas da pele: chamamos esses produtos de alciônea.[48] Para saberem a dose que eu recomendo, dividam por dois o peso de uma onça. Para dar liga e permitir espalhá-lo bem sobre o corpo, acrescentem o mel dourado da Ática.

Mesmo que o incenso acalme os deuses e sua cólera, não se deve usá-lo somente para queimar nos altares. Misturem-no com o nitro, que deixa o corpo bem liso, e empreguem, de cada um, igual peso, um terço de libra. Acrescentem um pedaço da resina tirada da casca das árvores, porém mais leve do que um quarto, e um dedinho de mirra resinosa. Após triturar tudo, passem numa peneira fina e diluam este pó no mel. Pode-se, com bons resultados, acrescentar funcho à mirra perfumada (cinco escrópulos de funcho para nove de mirra), um punhado de rosas secas, e incenso macho, bem como sal amoníaco. Sobre esta mistura, derrame o creme de cevada, e que o peso do sal e do incenso seja igual ao das rosas. Aplicado, mesmo durante pouco tempo, sobre um rosto muito delicado, fará desaparecer todas as vermelhidões.

Conheci uma mulher que molhava papoulas na água fria, as amassava e esfregava nas faces, de pele tão delicada...

---

48. Trata-se da alga-marinha, produto que os antigos acreditavam ser produzida pelo ninho do alcíone.

Coleção L&PM POCKET (Lançamentos mais recentes)

820. **De pernas pro ar** – Eduardo Galeano
821. **Tragédias gregas** – Pascal Thiercy
822. **Existencialismo** – Jacques Colette
823. **Nietzsche** – Jean Granier
824. **Amar ou depender?** – Walter Riso
825. **Darmapada: A doutrina budista em versos**
826. **J'Accuse...!** – **a verdade em marcha** – Zola
827. **Os crimes ABC** – Agatha Christie
828. **Um gato entre os pombos** – Agatha Christie
831. **Dicionário de teatro** – Luiz Paulo Vasconcellos
832. **Cartas extraviadas** – Martha Medeiros
833. **A longa viagem de prazer** – J. J. Morosoli
834. **Receitas fáceis** – J. A. Pinheiro Machado
835. (14). **Mais fatos & mitos** – Dr. Fernando Lucchese
836. (15). **Boa viagem!** – Dr. Fernando Lucchese
837. **Aline: Finalmente nua!!!** (4) – Adão Iturrusgarai
838. **Mônica tem uma novidade!** – Mauricio de Sousa
839. **Cebolinha em apuros!** – Mauricio de Sousa
840. **Sócios no crime** – Agatha Christie
841. **Bocas do tempo** – Eduardo Galeano
842. **Orgulho e preconceito** – Jane Austen
843. **Impressionismo** – Dominique Lobstein
844. **Escrita chinesa** – Viviane Alleton
845. **Paris: uma história** – Yvan Combeau
846. (15). **Van Gogh** – David Haziot
848. **Portal do destino** – Agatha Christie
849. **O futuro de uma ilusão** – Freud
850. **O mal-estar na cultura** – Freud
853. **Um crime adormecido** – Agatha Christie
854. **Satori em Paris** – Jack Kerouac
855. **Medo e delírio em Las Vegas** – Hunter Thompson
856. **Um negócio fracassado e outros contos de humor** – Tchékhov
857. **Mônica está de férias!** – Mauricio de Sousa
858. **De quem é esse coelho?** – Mauricio de Sousa
860. **O mistério Sittaford** – Agatha Christie
861. **Manhã transfigurada** – L. A. de Assis Brasil
862. **Alexandre, o Grande** – Pierre Briant
863. **Jesus** – Charles Perrot
864. **Islã** – Paul Balta
865. **Guerra da Secessão** – Farid Ameur
866. **Um rio que vem da Grécia** – Cláudio Moreno
868. **Assassinato na casa do pastor** – Agatha Christie
869. **Manual do líder** – Napoleão Bonaparte
870. (16). **Billie Holiday** – Sylvia Fol
871. **Bidu arrasando!** – Mauricio de Sousa
872. **Os Sousa: Desventuras em família** – Mauricio de Sousa
874. **E no final a morte** – Agatha Christie
875. **Guia prático do Português correto – vol. 4** – Cláudio Moreno
876. **Dilbert (6)** – Scott Adams
877. (17). **Leonardo da Vinci** – Sophie Chauveau
878. **Bella Toscana** – Frances Mayes
879. **A arte da ficção** – David Lodge
880. **Striptiras (4)** – Laerte
881. **Skrotinhos** – Angeli
882. **Depois do funeral** – Agatha Christie
883. **Radicci 7** – Iotti
884. **Walden** – H. D. Thoreau
885. **Lincoln** – Allen C. Guelzo
886. **Primeira Guerra Mundial** – Michael Howard
887. **A linha de sombra** – Joseph Conrad
888. **O amor é um cão dos diabos** – Bukowski
890. **Despertar: uma vida de Buda** – Jack Kerouac
891. (18). **Albert Einstein** – Laurent Seksik
892. **Hell's Angels** – Hunter Thompson
893. **Ausência na primavera** – Agatha Christie
894. **Dilbert (7)** – Scott Adams
895. **Ao sul de lugar nenhum** – Bukowski
896. **Maquiavel** – Quentin Skinner
897. **Sócrates** – C.C.W. Taylor
899. **O Natal de Poirot** – Agatha Christie
900. **As veias abertas da América Latina** – Eduardo Galeano
901. **Snoopy: Sempre alerta! (10)** – Charles Schulz
902. **Chico Bento: Plantando confusão** – Mauricio de Sousa
903. **Penadinho: Quem é morto sempre aparece** – Mauricio de Sousa
904. **A vida sexual da mulher feia** – Claudia Tajes
905. **100 segredos de liquidificador** – José Antonio Pinheiro Machado
906. **Sexo muito prazer 2** – Laura Meyer da Silva
907. **Os nascimentos** – Eduardo Galeano
908. **As caras e as máscaras** – Eduardo Galeano
909. **O século do vento** – Eduardo Galeano
910. **Poirot perde uma cliente** – Agatha Christie
911. **Cérebro** – Michael O'Shea
912. **O escaravelho de ouro e outras histórias** – Edgar Allan Poe
913. **Piadas para sempre (4)** – Visconde da Casa Verde
914. **100 receitas de massas light** – Helena Tonetto
915. (19). **Oscar Wilde** – Daniel Salvatore Schiffer
916. **Uma breve história do mundo** – H. G. Wells
917. **A Casa do Penhasco** – Agatha Christie
919. **John M. Keynes** – Bernard Gazier
920. (20). **Virginia Woolf** – Alexandra Lemasson
921. **Peter e Wendy** seguido de **Peter Pan em Kensington Gardens** – J. M. Barrie
922. **Aline: numas de colegial (5)** – Adão Iturrusgarai
923. **Uma dose mortal** – Agatha Christie
924. **Os trabalhos de Hércules** – Agatha Christie
926. **Kant** – Roger Scruton
927. **A inocência do Padre Brown** – G.K. Chesterton
928. **Casa Velha** – Machado de Assis
929. **Marcas de nascença** – Nancy Huston
930. **Aulete de bolso**
931. **Hora Zero** – Agatha Christie
932. **Morte na Mesopotâmia** – Agatha Christie
934. **Nem te conto, João** – Dalton Trevisan
935. **As aventuras de Huckleberry Finn** – Mark Twain
936. (21). **Marilyn Monroe** – Anne Plantagenet
937. **China moderna** – Rana Mitter

938. **Dinossauros** – David Norman
939. **Louca por homem** – Claudia Tajes
940. **Amores de alto risco** – Walter Riso
941. **Jogo de damas** – David Coimbra
942. **Filha é filha** – Agatha Christie
943. **M ou N?** – Agatha Christie
945. **Bidu: diversão em dobro!** – Mauricio de Sousa
946. **Fogo** – Anaïs Nin
947. **Rum: diário de um jornalista bêbado** – Hunter Thompson
948. **Persuasão** – Jane Austen
949. **Lágrimas na chuva** – Sergio Faraco
950. **Mulheres** – Bukowski
951. **Um pressentimento funesto** – Agatha Christie
952. **Cartas na mesa** – Agatha Christie
954. **O lobo do mar** – Jack London
955. **Os gatos** – Patricia Highsmith
956(22). **Jesus** – Christiane Rancé
957. **História da medicina** – William Bynum
958. **O Morro dos Ventos Uivantes** – Emily Brontë
959. **A filosofia na era trágica dos gregos** – Nietzsche
960. **Os treze problemas** – Agatha Christie
961. **A massagista japonesa** – Moacyr Scliar
963. **Humor do miserê** – Nani
964. **Todo o mundo tem dúvida, inclusive você** – Édison de Oliveira
965. **A dama do Bar Nevada** – Sergio Faraco
969. **O psicopata americano** – Bret Easton Ellis
970. **Ensaios de amor** – Alain de Botton
971. **O grande Gatsby** – F. Scott Fitzgerald
972. **Por que não sou cristão** – Bertrand Russell
973. **A Casa Torta** – Agatha Christie
974. **Encontro com a morte** – Agatha Christie
975(23). **Rimbaud** – Jean-Baptiste Baronian
976. **Cartas na rua** – Bukowski
977. **Memória** – Jonathan K. Foster
978. **A abadia de Northanger** – Jane Austen
979. **As pernas de Úrsula** – Claudia Tajes
980. **Retrato inacabado** – Agatha Christie
981. **Solanin (1)** – Inio Asano
982. **Solanin (2)** – Inio Asano
983. **Aventuras de menino** – Mitsuru Adachi
984(16). **Fatos & mitos sobre sua alimentação** – Dr. Fernando Lucchese
985. **Teoria quântica** – John Polkinghorne
986. **O eterno marido** – Fiódor Dostoiévski
987. **Um safado em Dublin** – J. P. Donleavy
988. **Mirinha** – Dalton Trevisan
989. **Akhenaton e Nefertiti** – Carmen Seganfredo e A. S. Franchini
990. **On the Road – o manuscrito original** – Jack Kerouac
991. **Relatividade** – Russell Stannard
992. **Abaixo de zero** – Bret Easton Ellis
993(24). **Andy Warhol** – Mériam Korichi
995. **Os últimos casos de Miss Marple** – Agatha Christie
996. **Nico Demo: Aí vem encrenca** – Mauricio de Sousa
998. **Rousseau** – Robert Wokler
999. **Noite sem fim** – Agatha Christie
1000. **Diários de Andy Warhol (1)** – Editado por Pat Hackett
1001. **Diários de Andy Warhol (2)** – Editado por Pat Hackett
1002. **Cartier-Bresson: o olhar do século** – Pierre Assouline
1003. **As melhores histórias da mitologia: vol. 1** – A.S. Franchini e Carmen Seganfredo
1004. **As melhores histórias da mitologia: vol. 2** – A.S. Franchini e Carmen Seganfredo
1005. **Assassinato no beco** – Agatha Christie
1006. **Convite para um homicídio** – Agatha Christie
1008. **História da vida** – Michael J. Benton
1009. **Jung** – Anthony Stevens
1010. **Arsène Lupin, ladrão de casaca** – Maurice Leblanc
1011. **Dublinenses** – James Joyce
1012. **120 tirinhas da Turma da Mônica** – Mauricio de Sousa
1013. **Antologia poética** – Fernando Pessoa
1014. **A aventura de um cliente ilustre** *seguido de* **O último adeus de Sherlock Holmes** – Sir Arthur Conan Doyle
1015. **Cenas de Nova York** – Jack Kerouac
1016. **A corista** – Anton Tchékhov
1017. **O diabo** – Leon Tolstói
1018. **Fábulas chinesas** – Sérgio Capparelli e Márcia Schmaltz
1019. **O gato do Brasil** – Sir Arthur Conan Doyle
1020. **Missa do Galo** – Machado de Assis
1021. **O mistério de Marie Rogêt** – Edgar Allan Poe
1022. **A mulher mais linda da cidade** – Bukowski
1023. **O retrato** – Nicolai Gogol
1024. **O conflito** – Agatha Christie
1025. **Os primeiros casos de Poirot** – Agatha Christie
1027(25). **Beethoven** – Bernard Fauconnier
1028. **Platão** – Julia Annas
1029. **Cleo e Daniel** – Roberto Freire
1030. **Til** – José de Alencar
1031. **Viagens na minha terra** – Almeida Garrett
1032. **Profissões para mulheres e outros artigos feministas** – Virginia Woolf
1033. **Mrs. Dalloway** – Virginia Woolf
1034. **O cão da morte** – Agatha Christie
1035. **Tragédia em três atos** – Agatha Christie
1037. **O fantasma da Ópera** – Gaston Leroux
1038. **Evolução** – Brian e Deborah Charlesworth
1039. **Medida por medida** – Shakespeare
1040. **Razão e sentimento** – Jane Austen
1041. **A obra-prima ignorada** *seguido de* **Um episódio durante o Terror** – Balzac
1042. **A fugitiva** – Anaïs Nin
1043. **As grandes histórias da mitologia greco--romana** – A. S. Franchini
1044. **O corno de si mesmo & outras historietas** – Marquês de Sade
1045. **Da felicidade** *seguido de* **Da vida retirada** – Sêneca
1046. **O horror em Red Hook e outras histórias** – H. P. Lovecraft
1047. **Noite em claro** – Martha Medeiros
1048. **Poemas clássicos chineses** – Li Bai, Du Fu e Wang Wei

1049. **A terceira moça** – Agatha Christie
1050. **Um destino ignorado** – Agatha Christie
1051(26). **Buda** – Sophie Royer
1052. **Guerra Fria** – Robert J. McMahon
1053. **Simons's Cat: as aventuras de um gato travesso e comilão – vol. 1** – Simon Tofield
1054. **Simons's Cat: as aventuras de um gato travesso e comilão – vol. 2** – Simon Tofield
1055. **Só as mulheres e as baratas sobreviverão** – Claudia Tajes
1057. **Pré-história** – Chris Gosden
1058. **Pintou sujeira!** – Mauricio de Sousa
1059. **Contos de Mamãe Gansa** – Charles Perrault
1060. **A interpretação dos sonhos: vol. 1** – Freud
1061. **A interpretação dos sonhos: vol. 2** – Freud
1062. **Frufru Ratataplã Dolores** – Dalton Trevisan
1063. **As melhores histórias da mitologia egípcia** – Carmem Seganfredo e A.S. Franchini
1064. **Infância. Adolescência. Juventude** – Tolstói
1065. **As consolações da filosofia** – Alain de Botton
1066. **Diários de Jack Kerouac – 1947-1954**
1067. **Revolução Francesa – vol. 1** – Max Gallo
1068. **Revolução Francesa – vol. 2** – Max Gallo
1069. **O detetive Parker Pyne** – Agatha Christie
1070. **Memórias do esquecimento** – Flávio Tavares
1071. **Drogas** – Leslie Iversen
1072. **Manual de ecologia (vol.2)** – J. Lutzenberger
1073. **Como andar no labirinto** – Affonso Romano de Sant'Anna
1074. **A orquídea e o serial killer** – Juremir Machado da Silva
1075. **Amor nos tempos de fúria** – Lawrence Ferlinghetti
1076. **A aventura do pudim de Natal** – Agatha Christie
1078. **Amores que matam** – Patricia Faur
1079. **Histórias de pescador** – Mauricio de Sousa
1080. **Pedaços de um caderno manchado de vinho** – Bukowski
1081. **A ferro e fogo: tempo de solidão (vol.1)** – Josué Guimarães
1082. **A ferro e fogo: tempo de guerra (vol.2)** – Josué Guimarães
1084(17). **Desembarcando o Alzheimer** – Dr. Fernando Lucchese e Dra. Ana Hartmann
1085. **A maldição do espelho** – Agatha Christie
1086. **Uma breve história da filosofia** – Nigel Warburton
1088. **Heróis da História** – Will Durant
1089. **Concerto campestre** – L. A. de Assis Brasil
1090. **Morte nas nuvens** – Agatha Christie
1092. **Aventura em Bagdá** – Agatha Christie
1093. **O cavalo amarelo** – Agatha Christie
1094. **O método de interpretação dos sonhos** – Freud
1095. **Sonetos de amor e desamor** – Vários
1096. **120 tirinhas do Dilbert** – Scott Adams
1097. **200 fábulas de Esopo**
1098. **O curioso caso de Benjamin Button** – F. Scott Fitzgerald
1099. **Piadas para sempre: uma antologia para morrer de rir** – Visconde da Casa Verde
1100. **Hamlet (Mangá)** – Shakespeare
1101. **A arte da guerra (Mangá)** – Sun Tzu
1104. **As melhores histórias da Bíblia (vol.1)** – A. S. Franchini e Carmen Seganfredo
1105. **As melhores histórias da Bíblia (vol.2)** – A. S. Franchini e Carmen Seganfredo
1106. **Psicologia das massas e análise do eu** – Freud
1107. **Guerra Civil Espanhola** – Helen Graham
1108. **A autoestrada do sul e outras histórias** – Julio Cortázar
1109. **O mistério dos sete relógios** – Agatha Christie
1110. **Peanuts: Ninguém gosta de mim... (amor)** – Charles Schulz
1111. **Cadê o bolo?** – Mauricio de Sousa
1112. **O filósofo ignorante** – Voltaire
1113. **Totem e tabu** – Freud
1114. **Filosofia pré-socrática** – Catherine Osborne
1115. **Desejo de status** – Alain de Botton
1118. **Passageiro para Frankfurt** – Agatha Christie
1120. **Kill All Enemies** – Melvin Burgess
1121. **A morte da sra. McGinty** – Agatha Christie
1122. **Revolução Russa** – S. A. Smith
1123. **Até você, Capitu?** – Dalton Trevisan
1124. **O grande Gatsby (Mangá)** – F. S. Fitzgerald
1125. **Assim falou Zaratustra (Mangá)** – Nietzsche
1126. **Peanuts: É para isso que servem os amigos (amizade)** – Charles Schulz
1127(27). **Nietzsche** – Dorian Astor
1128. **Bidu: Hora do banho** – Mauricio de Sousa
1129. **O melhor do Macanudo Taurino** – Santiago
1130. **Radicci 30 anos** – Iotti
1131. **Show de sabores** – J.A. Pinheiro Machado
1132. **O prazer das palavras – vol. 3** – Cláudio Moreno
1133. **Morte na praia** – Agatha Christie
1134. **O fardo** – Agatha Christie
1135. **Manifesto do Partido Comunista (Mangá)** – Marx & Engels
1136. **A metamorfose (Mangá)** – Franz Kafka
1137. **Por que você não se casou... ainda** – Tracy McMillan
1138. **Textos autobiográficos** – Bukowski
1139. **A importância de ser prudente** – Oscar Wilde
1140. **Sobre a vontade na natureza** – Arthur Schopenhauer
1141. **Dilbert (8)** – Scott Adams
1142. **Entre dois amores** – Agatha Christie
1143. **Cipreste triste** – Agatha Christie
1144. **Alguém viu uma assombração?** – Mauricio de Sousa
1145. **Mandela** – Elleke Boehmer
1146. **Retrato do artista quando jovem** – James Joyce
1147. **Zadig ou o destino** – Voltaire
1148. **O contrato social (Mangá)** – J.-J. Rousseau
1149. **Garfield fenomenal** – Jim Davis
1150. **A queda da América** – Allen Ginsberg
1151. **Música na noite & outros ensaios** – Aldous Huxley
1152. **Poesias inéditas & Poemas dramáticos** – Fernando Pessoa
1153. **Peanuts: Felicidade é...** – Charles M. Schulz

1154. **Mate-me por favor** – Legs McNeil e Gillian McCain
1155. **Assassinato no Expresso Oriente** – Agatha Christie
1156. **Um punhado de centeio** – Agatha Christie
1157. **A interpretação dos sonhos (Mangá)** – Freud
1158. **Peanuts: Você não entende o sentido da vida** – Charles M. Schulz
1159. **A dinastia Rothschild** – Herbert R. Lottman
1160. **A Mansão Hollow** – Agatha Christie
1161. **Nas montanhas da loucura** – H.P. Lovecraft
1162(28). **Napoleão Bonaparte** – Pascale Fautrier
1163. **Um corpo na biblioteca** – Agatha Christie
1164. **Inovação** – Mark Dodgson e David Gann
1165. **O que toda mulher deve saber sobre os homens: a afetividade masculina** – Walter Riso
1166. **O amor está no ar** – Mauricio de Sousa
1167. **Testemunha de acusação & outras histórias** – Agatha Christie
1168. **Etiqueta de bolso** – Celia Ribeiro
1169. **Poesia reunida (volume 3)** – Affonso Romano de Sant'Anna
1170. **Emma** – Jane Austen
1171. **Que seja em segredo** – Ana Miranda
1172. **Garfield sem apetite** – Jim Davis
1173. **Garfield: Foi mal...** – Jim Davis
1174. **Os irmãos Karamázov (Mangá)** – Dostoiévski
1175. **O Pequeno Príncipe** – Antoine de Saint-Exupéry
1176. **Peanuts: Ninguém mais tem o espírito aventureiro** – Charles M. Schulz
1177. **Assim falou Zaratustra** – Nietzsche
1178. **Morte no Nilo** – Agatha Christie
1179. **Ê, soneca boa** – Mauricio de Sousa
1180. **Garfield a todo o vapor** – Jim Davis
1181. **Em busca do tempo perdido (Mangá)** – Proust
1182. **Cai o pano: o último caso de Poirot** – Agatha Christie
1183. **Livro para colorir e relaxar** – Livro 1
1184. **Para colorir sem parar**
1185. **Os elefantes não esquecem** – Agatha Christie
1186. **Teoria da relatividade** – Albert Einstein
1187. **Compêndio da psicanálise** – Freud
1188. **Visões de Gerard** – Jack Kerouac
1189. **Fim de verão** – Mohiro Kitoh
1190. **Procurando diversão** – Mauricio de Sousa
1191. **E não sobrou nenhum e outras peças** – Agatha Christie
1192. **Ansiedade** – Daniel Freeman & Jason Freeman
1193. **Garfield: pausa para o almoço** – Jim Davis
1194. **Contos do dia e da noite** – Guy de Maupassant
1195. **O melhor de Hagar 7** – Dik Browne
1196(29). **Lou Andreas-Salomé** – Dorian Astor
1197(30). **Pasolini** – René de Ceccatty
1198. **O caso do Hotel Bertram** – Agatha Christie
1199. **Crônicas de motel** – Sam Shepard
1200. **Pequena filosofia da paz interior** – Catherine Rambert
1201. **Os sertões** – Euclides da Cunha
1202. **Treze à mesa** – Agatha Christie
1203. **Bíblia** – John Riches
1204. **Anjos** – David Albert Jones
1205. **As tirinhas do Guri de Uruguaiana 1** – Jair Kobe
1206. **Entre aspas (vol.1)** – Fernando Eichenberg
1207. **Escrita** – Andrew Robinson
1208. **O spleen de Paris: pequenos poemas em prosa** – Charles Baudelaire
1209. **Satíricon** – Petrônio
1210. **O avarento** – Molière
1211. **Queimando na água, afogando-se na chama** – Bukowski
1212. **Miscelânea septuagenária: contos e poemas** – Bukowski
1213. **Que filosofar é aprender a morrer e outros ensaios** – Montaigne
1214. **Da amizade e outros ensaios** – Montaigne
1215. **O medo à espreita e outras histórias** – H.P. Lovecraft
1216. **A obra de arte na era de sua reprodutibilidade técnica** – Walter Benjamin
1217. **Sobre a liberdade** – John Stuart Mill
1218. **O segredo de Chimneys** – Agatha Christie
1219. **Morte na rua Hickory** – Agatha Christie
1220. **Ulisses (Mangá)** – James Joyce
1221. **Ateísmo** – Julian Baggini
1222. **Os melhores contos de Katherine Mansfield** – Katherine Mansfied
1223(31). **Martin Luther King** – Alain Foix
1224. **Millôr Definitivo: uma antologia de *A Bíblia do Caos*** – Millôr Fernandes
1225. **O Clube das Terças-Feiras e outras histórias** – Agatha Christie
1226. **Por que sou tão sábio** – Nietzsche
1227. **Sobre a mentira** – Platão
1228. **Sobre a leitura *seguido do* Depoimento de Céleste Albaret** – Proust
1229. **O homem do terno marrom** – Agatha Christie
1230(32). **Jimi Hendrix** – Franck Médioni
1231. **Amor e amizade e outras histórias** – Jane Austen
1232. **Lady Susan, Os Watson e Sanditon** – Jane Austen
1233. **Uma breve história da ciência** – William Bynum
1234. **Macunaíma: o herói sem nenhum caráter** – Mário de Andrade
1235. **A máquina do tempo** – H.G. Wells
1236. **O homem invisível** – H.G. Wells
1237. **Os 36 estratagemas: manual secreto da arte da guerra** – Anônimo
1238. **A mina de ouro e outras histórias** – Agatha Christie
1239. **Pic** – Jack Kerouac
1240. **O habitante da escuridão e outros contos** – H.P. Lovecraft
1241. **O chamado de Cthulhu e outros contos** – H.P. Lovecraft
1242. **O melhor de Meu reino por um cavalo!** – Edição de Ivan Pinheiro Machado
1243. **A guerra dos mundos** – H.G. Wells
1244. **O caso da criada perfeita e outras histórias** – Agatha Christie
1245. **Morte por afogamento e outras histórias** – Agatha Christie